ことのは文庫

おまわりさんと招き猫

やさしい手紙と雪の町

植原 翠

JN103045

MICRO MAGAZINE

CONTENTS

おまわりさんと招き猫

やさしい手紙と雪の町

郵便屋さんと伝書鳩

夏の終わり頃、海っぱたの小さな交番。窓から差し込む日差しが、数日前に比べてほんの少し和《やわ》らいだ気がする。受付カウンターのペン立ての横に飾った綿毛を入れた小瓶が、陽光を反射して、カウンターに光の模様を作っていた。

事務室の壁際に置かれた、からっぽの餌《えさ》入れと水。隅っこに立てかけた猫用爪研《つめと》ぎ。仕事の書類が詰まったキャビネットの横に、毛の付いた猫ちぐら。他の交番にはあまり置かれていないものが、ここにはある。

先輩から引き継いだ書類をひととおり確認し終えて、僕はひとつ、息をつく。

「さて、今日も平和だなあ」

ここはとある港町、かつぶし町。太平洋の水平線を臨《のぞ》むこの町は、温暖な気候と海の幸に恵まれている。

僕こと小槇悠介《こまきゆうすけ》は、そんなかつぶし町のかつぶし交番に勤務する警察官である。日課はこの古き良き港町のパトロール。時々トラブルもあるけれど、平穏な日々を送っている。

時間を見て、そろそろお昼休憩に入ろうかなと考えていると、建付けの悪い引き戸が音を立てた。誰か来た、と振り向くも、人影はない。戸は開いているのに誰もいない。

僕は椅子を立って、カウンターの向こうを覗《のぞ》き込んだ。

「お帰りなさい、おもちさん」

案の定だ。カウンターが壁になって見えなかった床に、おもちさんがいる。

おもちさんは、この交番に出入りする地域猫である。ぽってりと太った白い体に、茶色い模様《もよう》が入った、焼いたお餅みたいな猫だ。

普段は交番で寛《くつろ》いでいるが、交番で飼っているわけではない。本猫曰《ほんにんいわ》く、寝床とごはんがあればどこでもいいらしい。毎日誰かしらが番をしているこの場所が、たまたまうってつけだったのだ。

そう、本猫曰く。

おもちさんは短い尻尾を目一杯伸ばして、それからぴょんと、カウンターに飛び乗った。見ると、カツオの刺身をひと切れ咥《くわ》えている。おもちさんはそれをカウンターに置くと、僕に言った。

「ただいまですにゃ、小槇くん」

「お刺身、どこで貰《もら》ってきたんですか？」

「港ですにゃ。漁師さんがくれたですにゃ」

カウンターにできた日だまりで丸くなって、おもちさんはカツオを齧《かじ》りはじめた。

おもちさんは、猫である。でも、他の猫とはちょっと違う。おもちさんは、言葉を話す猫である。

どうして喋《しゃべ》るのかは、誰も知らない。僕もここに異動になったばかりの頃は驚いたし、なんで喋るのだろうと不思議でならなかったが、慣れてしまえば案外どうということもない。おもちさんは言葉を話す猫。それだけである。

おもちさんの口の中に消えていく新鮮な刺身を眺めて、僕は呟く。

「いいなあ、おいしそう。僕もお昼休憩にしようと思ってたところです」

おもちさんは、この町の有名猫である。言葉を話すから、というのも理由だろうけれど、それだけではない。

おもちさんが刺身に舌鼓《したつづみ》を打つ。

「漁師さんたち、吾輩《わがはい》を見るといつもおいしいものくれるですにゃ。吾輩が新鮮なお魚を食べると、明日の漁でお魚いっぱい獲れるのですにゃ」

「大漁祈願ですか」

おもちさんには、いろんな言い伝えがある。撫《な》でると良いことがある、おやつをあげると開運、肉球を触ると願いが叶う……いろいろありすぎて覚えきれないのだが、とにかく、おもちさんはこの町の人たちから「縁起のいい猫」としてかわいがられている。実際にそんなご利益があるのかどうかは分からないけれど、そういうことになっている。

町に、人に、福を招《まね》く。おもちさんは、まるで招き猫だ。

「それにしても珍しいですね。貰ったお刺身をその場で平らげないで、わざわざ交番に持ち帰ってくるなんて」

僕が首を傾げると、おもちさんは刺身を食べ終えた口元を丸い前足で拭《ぬぐ》って言った。

「もちろん港でも食べたですにゃ。釜揚《かまあ》げのシラス、焼いたアジ、煮干し。いっぱい食べたから、カツオのお刺身は後でのお楽しみにしようと、持って帰ってきたのですにゃ」

「それなのに今食べちゃったんですか？」

「歩いたらお腹が空いたから」

苦笑する僕の前で、おもちさんが毛づくろいをする。ふわふわの毛が日差しを受けて、ほんのり光って見える。目を細めた顔に擦り付ける短い前足には、これまた餅みたいな肉球が見え隠れする。

おもちさんのマイペースな仕草に和《なご》んでいた僕だったが、ハッと背筋《せすじ》を伸ばした。

「……って、そんなに食べたんですか⁉　もう、だからそんなにでっかくなっちゃうんですよ！」

僕に叱られても、おもちさんは怯《ひる》むどころか堂々と、仰向けに寝転がって立派なお腹を顕《あらわ》にした。

「小槙くん、おやつ欲しいですにゃ」

「今食べたばっかりでしょ！」

かわいがられるのはいいけれど、おやつばかり食べてどんどんずっしりしていくのはいただけない。

「太り過ぎは万病の元ですよ。今日はもう、おやつおしまいです」

「にゃんと世知辛《せちがら》い」

おもちさんが耳をぺたんと伏せる。先日、上司の笹倉《ささくら》さんがおもちさんを抱き上げようとして腰を痛めた。おもちさんのダイエットは、僕ら交番の警察官にとっても重大な課題である。

さて、僕もそろそろお昼ごはんの時間である。今日は近くのお惣菜屋《そうざいや》さんにお弁当を注文している。受け取りに行こうと、僕は交番から出かけることにした。引き戸を開けると、おもちさんもついてきた。僕はおもちさんの、焼き目模様の背中を見下ろす。

「一緒に行きますか？　おもちさん」

「吾輩も一緒にパトロールですにゃ」

気まぐれなおもちさんは、気分次第でこうして僕らと行動を共にする。

外に出ると、夏の日差しが僕らを包んだ。いい天気だ。交番の横に立つ植木の緑が眩《まぶ》しい。木の枝になにやら小鳥がやってきて、葉っぱの中で囀《さえず》っていた。

そこへ、ブロロロと、バイクの唸《うな》り声が聞こえてきた。おもちさんと同時に振り向くと、赤いバイクが停まっている。座席の後ろの大きな赤い箱は、まるで郵便ポストを背負っているように見える。ライダーがヘルメットを少し上げ、僕に声をかけた。

「こんにちは。かつぶし交番さん宛に、郵便です」

赤いバイクのライダー、郵便の配達員さんは、箱から取り出した封書をふたつ、僕に手渡してきた。

「なんだろ。ありがとうございます」

僕ら警察官宛の郵便物は、殆どが署に届く。交番宛にはたまにしか来ない。片方は、宛先に「かつぶし交番のおまわりさんへ」。開けてみると、先日保護した迷子の男の子からのお礼の手紙だった。

「わあ、わざわざお手紙を送ってくれたんだ。こういうの嬉しいな」

クレヨンで描いた似顔絵の横に、彼のお母さんが書いたと思われる「おまわりさんありがとう」の文字。見ていた郵便屋さんも、嬉しそうに頬を綻《ほころ》ばせた。

「それでは、失礼します」

「はい、お気をつけて！」

再びバイクで走り出す郵便屋さんに、僕は会釈《えしゃく》をした。それから手紙に目を落とし、にんまりする。

「手紙って、いいですね」

　必要なのは便箋《びんせん》とペンと、あとは伝えたい気持ち。まだ文字を書けない子の、絵がメインの手紙でも、こんなに伝わってくる。これを描いてくれた男の子の笑顔まで目に浮かぶようだ。

「ほら見ておもちさん。かわいいお手紙です」

　おもちさんにも自慢しようとして、そしてそこにあった光景に、僕はえっと声を上げた。

　くちばしに封筒を咥えた鳩《はと》が、おもちさんの前に降り立っている。

　封筒を持っている以外は、至って平凡な灰色の鳩である。目は柿色で、翼には黒い斑《まだら》模様がある。鳩は封筒をおもちさんの前に置いて、そしてすぐに飛び去ってしまった。

　一連の流れを見ていた僕は、しばし、言葉を失った。

　おもちさんが丸い前足で封筒を開けている。数秒の絶句ののち、僕は叫んだ。

「なに、今の!?」

「なにって、郵便屋さんですにゃ」

　おもちさんがあっさり答える。鳩の郵便屋さんが、おもちさんに手紙を運んできたというのか。そんな童話みたいなことが、現実に起こるのか。呑み込めずにいる僕を、おもちさんが黄金色の瞳で見上げる。

「お手紙のやりとりをするのは、なにも人間だけではないのですにゃ。我々にも郵便はあるですにゃ」

おもちさんの言葉を聞いて、僕ははあ、と感嘆のため息をついた。

この世には僕が知らない、気づいていない領域がまだまだたくさんあるみたいだ。おもちさんの言う「我々」――多分、人間以外の様々なものたちの間にも、郵便のシステムがあるらしい。

「そっか、そうですよね。郵便は便利ですから、おもちさんたちも使いたいですよね」

言葉を話す猫が存在するのだって、ここに異動になって初めて知ったのだ。他にもこんな感じで、おもちさんといると未知との遭遇《そうぐう》が多い。

僕は自分の手元に届いた手紙に、再び目を落とした。男の子からの手紙の他に、もう一通ある。重なっていたその封筒の宛名には、隣町の住所が書かれている。

「あれ？　これ、交番宛じゃない」

別の人に宛てた手紙が、間違ってここに届いてしまったのだ。おもちさんが欠伸《あくび》をする。

「郵便屋さん、くっついてたお手紙、一緒に渡しちゃったですにゃ？　慌てんぼうさんですにゃあ」

僕は郵便屋さんが去っていった道路に顔を向けた。しかし郵便屋さんはとっくにいなくなっており、今から追いかけて返すのは難しそうだ。

「お昼ごはん買いに行くついでに、郵便局に届けるか。町の見回りも兼ねて」

僕は交番の引き戸に「巡回中《じゅんかいちゅう》」の札を下げ、お昼ごはんの調達兼、郵便物の返却兼、パトロールへと繰り出した。

かつぶし郵便局は、商店街をずっと進んだ奥、かつぶし神社の手前にある。小さい建物が多いかつぶし町の中では比較的目立つ大きさで、年季の入った黄色っぽい壁と赤い郵便マークが目印である。

交番からすぐのアーケードをくぐると、この町の中心、かつぶし商店街が僕を出迎える。今週末に控えた夏祭りに合わせて、今の時期は赤い提灯《ちょうちん》が等間隔《とうかんかく》で吊《つ》るされている。商店街のお店の壁にはお祭りのポスターが貼り出され、町じゅうが活気づいていた。

足元ではぽてぽてと、おもちさんがついてきている。鳩の郵便屋さんから受け取った封筒を咥えて、大事に持ち運んでいた。

歩いて五分で到着するのが、「お惣菜のはるかわ」である。揚げ物のいい匂いが漂《ただよ》ってきて、一層お腹が減る。

「あっ、小槇さーん！　お弁当できてるよ」

声をかけてきたのは、白いTシャツ姿の少年である。お惣菜屋さんのショーケースカウンターの向こうから、僕に手を振っている。

「春川《はるかわ》くん。今日も元気だね」

お惣菜屋さんの息子、高校生の春川俊太《しゅんた》くんは、現在夏休みにつき店番のお手伝い中である。

春川くんは出来たてのお弁当を白い袋に包んで、カウンターに置いた。

「もー、言ってくれれば交番に届けに行くのに」

「でも、お店に立つのもお仕事でしょ」

「まあね、俺がここに立ってるといつもよりお客さん来るって、母ちゃんに褒《ほ》められた」

春川くんは得意げにニーッと笑ってみせた。明るく人懐っこい春川くんは、お客さんからもかわいがられるのだろう。

カウンターを兼ねたガラスのショーケースの中には、今日のお惣菜がずらりと並んでいる。エビフライやメンチカツなどの揚げ物を中心に、ポテトサラダ、きんぴらごぼうと、どれもおいしそうである。否《いな》、おいしいのである。僕はこの町の交番に来てからというもの、このお惣菜屋さんの常連客になっている。

春川くんは、僕の足元を歩くおもちさんに気づき、カウンターに身を乗り出した。

「おもちさん、やっほー。鶏皮焼いたのあるよ。食べる？」

声をかけられ、おもちさんは咥えていた手紙を一旦アスファルトに置いた。

「もちろん、いただくですにゃ！」

「おもちさん。シラス、アジ、煮干し、刺身。今日、食べ過ぎですよ」

僕が眉間に皺《しわ》を作っても、おもちさんは気にしない。春川くんが、パックに載せた鶏皮を持って店の外に出てきた。おもちさんの前にしゃがみ、パックを地面に置く。

「おのりちゃんに作ったから、お裾分《すそわ》け。パリパリでおいしいぞ」

「いただきまーすですにゃ」

鶏皮を貰ったおもちさんは、早速がっついた。

おのりちゃんというのは、春川くんの猫である。エメラルドグリーンの瞳の、きれいな黒猫だ。おもちさんが餅みたいだからおもちさんなのに対し、おのりちゃんは海苔《のり》みたいだからおのりちゃんなのだそうだ。

おもちさんの口が忙しい間、僕はおもちさんが咥えていた手紙を拾っておいた。手のひらに収まるほどの、小さな封筒である。

春川くんが僕を見上げた。

「それ、なに？　おもちさんが咥えてたよね。なんか拾ったの？」

「お手紙貰ったんだって」

「お手紙？　いいなあ、俺もおもちさんに手紙書こう」

生まれてからずっとこの町で暮らし、当たり前のようにおもちさんを見ていた春川くんは、おもちさんが喋るのを不思議に思っていない。手紙を貰ったと聞いても驚かない。彼に限らず、この町の人たちはこんな感じでおもちさんを受け止めている。

おもちさんはあっという間に鶏皮を食べ終えた。見計らった春川くんが手を伸ばし、おもちさんの丸い顔をわしわしと撫でた。

「夏休みの宿題、早く終わりますように！」

撫でると良いことがある、おやつをあげると開運、肉球を触ると願いが叶う……春川くんも、おもちさんのそんな言い伝えに乗っかっているひとりだ。おいしいものを貰って、たくさん撫でてもらえて、おもちさんは気持ちよさそうに喉を鳴らしている。

おもちさんにまつわる不思議な言い伝えは、本当かどうかは分からない。けれど、春川くんが楽しそうでおもちさんも満足げだから、僕はこれでいいと思う。

と、おもちさんを撫で回す春川くんの頭上に、低い声が降ってきた。

「おもちさんに祈ったところで、解かなきゃ終わるわけないでしょ」

いつの間にやら、ショーケースの向こうにお惣菜屋さんのおかみさん……春川くんのお母さんが立っている。腕を組んで春川くんを見下ろし、彼女は三角巾の頭に角を生やした。

「あんた、一体どれだけ宿題溜めてるの!?」

「だって母ちゃんが店番頼むから、やってる時間がないんですー」

春川くんが唇を尖《とが》らせて口答えするも、おかみさんに負ける気配はない。

「店番してないときもギターか猫か飯ばっかでしょうが！　全くもう。小槙さんからも言ってやってよ」

「あはは。春川くん、計画的にやったほうがいいよ」

ここの親子の賑《にぎ》やかなやりとりも、この町の日常の一部だ。春川くんとおかみさんはしばらく口喧嘩《くちげんか》をしたのち、おかみさんが厨房《ちゅうぼう》に引っ込み、春川くんもさして反省していない顔で店番に戻った。僕も、お弁当を受け取ってパトロールを再開する。お弁当が冷めてしまう前に、郵便局へ行って交番に帰ろう。

お昼時の商店街は、夏の日差しを蓄《たくわ》えて明るく白ばんでいる。おもちさんも、白い毛が光って一層ぽわぽわして見えた。

店の前に鉢を並べる花屋さんを通り過ぎて、古本屋さんの外に置かれたワゴンの本を覗き込む。途中で町中華のバイトのお姉さんが、おもちさんを引き止めて、焼いた小エビを持ってきた。おもちさんときたら、またおやつを貰っている。

ふと、僕はおもちさんから預かっていた手紙に目をやった。ほんのり黄みを帯びた、白い封筒である。手のひらにすっぽり収まってしまう大きさなので、ミニチュアのおもちゃみたいに見える。切手は貼られておらず、それどころか、宛名も差出人名も書かれていない。どうやっておもちさんに届いたのか、僕にはさっぱりだった。

不思議がっているのが分かったのだろう、おもちさんが言う。

「我々の郵便は、人間の郵便とはちょっと仕様が違うですにゃ」

エビを食べてご機嫌のおもちさんは、短い尻尾を立てて軽やかに歩いている。僕は封筒を掲《かか》げてみた。日の光で、少し透ける。

「おもちさん、この手紙、見てみてもいいですか？」

「どうぞですにゃ」

僕はおもちさん宛の封筒を開けてみた。中身は葉っぱである。茶色い落ち葉らしきそれに、小動物の足跡がぺったりとつけられていた。

「独特なお手紙ですね」

「手紙といえど、文字ではないのですにゃ。コミュニケーションとは、言葉だけではないのだから」

おもちさんは人語が分かるだけでなく、他の動物や植物、物体とも会話できるらしい。この手紙も、おもちさんにとなら誰からの便りで、なんて書いてあるのか、分かるのだろう。

そんなことを思う僕の足元で、おもちさんがのんびりと言う。

「どこかの誰かが達者《たっしゃ》にしているようですにゃ。なによりですにゃ」

……もしかしたらおもちさんにも、読めるわけではないのかもしれない。

男の子から届いた似顔絵を思い出す。そうだ、絵だけでも、想いは伝わってきた。おもちさんに届いた手紙も、おもちさんになにかが伝わっているなら充分なのだ。

道の先にかつぶし神社の石段が見えてきた。僕らはその手前で立ち止まる。目的地、郵便局に到着した。

おもちさんには外で待ってもらって、僕は誤配の郵便物を窓口に返し、再び外へと出る。

そしておもちさんの元に戻るなり、僕はあっと声を上げた。おもちさんが、子供たちに囲まれている。

「おもちさん、猫用サラミあげるー。ナデナデさせて」

「縄跳びで二重跳び、できますように！」

「逆上がりできるようになりますように！」

三人の小学生から、おやつを貰って撫でられている。子供たちは僕に気づいて挨拶《あいさつ》をする。

「おまわりさん、こんにちはー！」

「こんにちは。おもちさんにおやつくれたの？　ありがとう」

「お願い事したの。おもちさん、叶えてくれるかな」

子供たちはおもちさんに手を振って、解散していった。おもちさんはというと、貰ったサラミにご満悦《まんえつ》である。僕は苦笑して、小さくため息をつく。

「シラス、アジ、煮干し、カツオの刺身に鶏皮、エビも貰って、今度はサラミですね」

「おいしいですにゃあ」

「僕なんて、まだお昼食べてないのに」

どこへ行ってもおいしいものを貰えるおもちさんが、ちょっと羨《うらや》ましくなってきた。食べ過ぎは良くないが、それだけ愛されているってことで。

交番への帰り道は、住宅街を回って、河原に出て、海に向かって歩いた。これは効率よくこの町を巡回できる、僕のパトロールコースだ。海辺に近づくほどに、夏の潮風がふわりと吹いてくる。煌《きら》めく海に、整然と並んだ波消しブロックと、真っ青な空を通り抜けていくウミネコの白い影。防波堤《ぼうはてい》を器用に歩くおもちさんは、サラミのおかげで一層ご機嫌である。

漁港の船を横目に歩いて数分。僕らは交番に戻ってきた。僕はこれからお昼休憩だが、お腹いっぱいのおもちさんは満足げにカウンターで大の字になっている。

「今日は良い日ですにゃ。おいしいものがいっぱいだったし、お手紙も来た。素晴らしい日ですにゃー」

「そうですね。あ、お手紙、お返ししておきますね」

預かりっぱなしだった葉っぱの手紙を、おもちさんの顔の横に置く。おもちさんは金色の目で手紙を一瞥《いちべつ》したのち、僕に問いかけてきた。

「小槙くんも、お手紙出したい人、いるですにゃ？」

「僕から？　そうだなあ……」

僕はあまり字が上手くないし、最近はメールやメッセージアプリが便利だから、わざわざ手紙を出す機会は減っていた。考えている僕に、おもちさんが言う。

「鳩郵便なら、宛先が分からなくても、届けてもらえるですにゃ」

「えっ。鳩郵便って、おもちさんが使ってたあの鳩？」

「鳩郵便は、伝えたい想いがある相手なら誰にでも届くですにゃ。小槇くん、君にもそういう人がいたら、出してみるといいですにゃ」

おもちさんのふくよかなお腹が、ゆっくり上下する。僕はその餅のような丸い山に問いかける。

「人間の僕も使っていいんですか？」

「使ってる人、見たことないですにゃ。でも多分、誰も『だめ』って言わないですにゃ」

あの不思議な郵便屋さんに、手紙を運んでもらえるらしい。面白そうだ。

「使ってみたいです。おもちさん、やり方教えてくれますか？」

「簡単ですにゃ。鳩さんに手紙を預けるだけですにゃ」

おもちさんはころんと寝返りを打ち、香箱座《こうばこずわ》りになった。

「ただし、鳩郵便は相手にちゃんと届くかどうか分からないし、届いたとしてもお返事が来るとは限らない。いつ届くかも不明ですにゃ」

「じゃあ、緊急の手紙はやめた方がいいですね」

伝えたい気持ちがあって、届かなくても割り切れる人……誰かいただろうか。家族や友達は連絡先を知っているから、わざわざ鳩を使う必要はない。お弁当を横目に数秒考えて、僕は顔を上げた。ひとり、思い浮かんだ人がいる。

「名前も住所も、分からなくていいんですよね？」

「ですにゃ」

「それなら――」

僕はデスクにあったメモ用紙を一枚手に取り、ペンをつけた。

思い浮かんだ人は、幼い頃に出会った警察官である。山奥の集落の駐在《ちゅうざい》さんで、彼は山で迷子になった僕を助けてくれた。子供だった僕は疲れて彼の背中で眠ってしまい、顔を見ていない。聞いたかもしれない名前も忘れてしまった。

ただひとつ確かなのは、あの一件をきっかけに、小さな僕の将来の夢が警察官に決まったことだ。今の僕があるのは、間違いなく、彼の背中を追いかけたからなのである。

『駐在さんへ』

今はもう異動しているだろうし、すでに警察官を辞めているかもしれないけれど、僕はそう書いた。

鳩が手紙を運んでくれる――実際に運んできたのを見ても、正直、僕はまだ半信半疑だった。でも、本当に届いたら面白いな、というくらいの気持ちで、鳩に託《たく》そうと思う。これは届かなくてもいいし、でも届いたらいいなと思う、僕の想いだ。

お元気ですか。助けてくれてありがとう。僕も警察官になりました。書きたいことはいろいろ思い浮かんだが、鳩が持ち運びやすいように小さい紙を便箋にしたので、全部は書かなかった。

　おもちさんがまた、寝返りを打った。今度は横になって、短い足をこちらに投げ出している。細めた目で僕を眺めて、ゆっくりとまばたきをする。

　僕は短い手紙を書き終えて、ペンを置いた。別のメモ用紙で封筒を作って、ふたつに折りたたんだ手紙を詰め込む。おもちさんがのっそりと頭を擡《もた》げた。

「書けたですにゃ？　それじゃ、吾輩についてくるですにゃ」

　おもちさんがカウンターから飛び降りる。引き戸を開けて外へ出ていくおもちさんを、僕は手紙を持って追いかけた。

　おもちさんの後ろ姿についていくと、商店街のアーケードの前で立ち止まった。顔を上げたおもちさんの視線を辿ると、入り口のゲートのてっぺんに、鳩が十羽ほどとまっているのが見えた。そのうちの一羽が、こちらに向かって下りてくる。そしてちょんと、おもちさんの頭にとまった。

　おもちさんが鳩ごとこちらを向く。

「さあ小槇くん、この鳩さんに手紙を渡すですにゃ」

　鳩はたくさんいるが、郵便屋さんをしているのは、この鳩らしい。僕はしゃがんで、おもちさんの頭の上で胸を反《そ》らせている鳩を観察した。白みを帯びた灰色の両翼の先に、黒いラインが二本ずつ入っている。

「さっきおもちさんのところに手紙を持ってきた鳩と、模様が違いますよ？」

あの鳩は翼が斑模様だったはずだ。おもちさんが耳をぴくぴくさせる。

「郵便屋さんはひとりじゃないから、いろんな模様がいるですにゃ」

そうなのか。それでは、僕が今まで単なる鳩だと思っていた鳩も、実は郵便屋さんだったかもしれないのか。多分こんなふうに、前からあったのに気がつかずに見過ごしてしまったものは、世の中は溢《あふ》れているのだ。

僕はメモ用紙で作った封筒を、鳩の黒いくちばしに差し出した。

「郵便屋さん。僕の手紙を、よろしくお願いします」

鳩は夕日のような目で僕を見つめて、クー、と喉を鳴らした。そして手紙を咥えると、翼を広げて飛び立った。

青く晴れ渡ったかつぶし町の夏空へ、鳩の影が遠のいていく。僕の手紙も、空高く舞い上がる。

「届くかなあ」

「どうでしょうにゃあ」

おもちさんも、小さくなっていく鳩を見上げている。

「届くといいですにゃ」

小さな男の子が、僕に手紙をくれたように。おもちさんに、誰かからの便りが来たように。手から手へ、言葉が、気持ちが、伝えたい人に届くといいなと思う。

ゲートにとまっていた他の鳩たちも、一斉に飛びはじめた。僕らが目で追っていた郵便屋さんが、他の鳩に紛《まぎ》れてどれだか分からなくなる。群れは海辺に並ぶ建物の方へと消えていき、やがて見えなくなった。

僕はさて、と拳《こぶし》を突き上げて伸びをする。

「お腹がすいた。今度こそお昼休憩にするぞ」

「そうですにゃ、ごはん、ごはん。小槙くん、良さげなおかずがあったら吾輩にもお裾分けを……」

「おもちさんはもういっぱい食べたでしょ」

交番に戻って、引き戸を開ける。見慣れた職場が僕らを待ち構えている。

ここは港町、かつぶし町。不思議なことが起こりがちな、それでいてどこにでもある、ありふれた町だ。

喋る猫が住む町の交番は今日も、非日常的な日常をのんびり過ごしている。

お祭り鬼ごっこ

八月の最後の日曜日、西日が沈み始めた頃。交番で仕事をしていると、遠くからドン、と音が聞こえてきた。僕は書類から顔を上げ、窓に目をやる。

「お、花火が始まった」

「ふあ……」

キャビネットの上のおもちさんが、返事代わりに欠伸をした。

今夜はかつぶし神社の夏祭りである。商店街主催のお祭りで、町の人たちが屋台を出し、メイン会場であるかつぶし神社境内《けいだい》には櫓《やぐら》が組まれ、子供会の盆踊りが披露《ひろう》される。町内規模の小さなお祭りではあるが、この辺りの子供たちにとっては、夏休み最後の一大イベントなのだそうだ。

かつぶし交番にやってきて二年目、僕は今年初めて、お祭りの日の当直に当たった。会場の警備は町の青年団が担当しているが、おまわりさんである僕も、パトロールがてら様子を見に行く予定になっている。

「そろそろ出かけよう。おもちさんも行きますか？」

僕が声をかけると、おもちさんはころんと、キャビネットから転がって床に着地した。

「行くですにゃ」

先程まで欠伸をしていたおもちさんだったが、目が覚めたようだ。お祭りの会場に行けば、屋台のおいしいものを分けてもらえると考えているのだ。

交番の外へ出ると、薄暗くなった空からドン、ドン、と音が響いてきた。間隔を開けて打ち上がる花火が、火の粉を散らす。地元出身の花火師が作っているらしい。

神社に向かって歩き出す。おもちさんも狭い歩幅でくっついて歩き、花火の音に反応して、時々顔を上げていた。僕は地べたのおもちさんを抱き上げて、目の高さを揃《そろ》えた。

「きれいですね」

「パチパチしてて、おいしそうですにゃ」

おもちさんの金色の瞳に爆《は》ぜた火の粉の色が映って、一層きらきらして見える。

商店街の人たちは多くがお祭りの屋台を出しているので、お店は殆どがシャッターを下ろしている。だが、神社の方へと向かっていく人々が道を埋めているおかげで賑やかだ。並んだ提灯が赤く光って、僕らを神社へと誘《いざな》う。浴衣を着た子供たちが、僕らを追い越して走っていく。神社が近くなるにつれて、人が増えていく。

神社の石段の上り口周辺は、特に賑わっていた。綿あめや焼きそば、ヨーヨー釣りなど定番屋台のカラフルな屋根が、明るい電球に照らされて眩しく主張している。お面を並べたお店に、原色の風車が回る。立てかけられたお面は、狐やひょっとこの伝統的なデザインから人気アニメのキャラクターまで、様々だった。

お面の鮮《あざ》やかな彩りに目を奪われ、無意識のうちに顔を向けてしまう。気を取られていると、腕の中でおもちさんが耳をぴんと立てた。

「にゃにゃ！　おあげちゃん発見ですにゃ」

おもちさんの視線を追うと、りんご飴《あめ》の屋台に並ぶ見知った顔があった。小学生くらいの背丈の、浴衣の女の子だ。肩で切り揃えた髪と、紅化粧の目元。白と桃色の浴衣をふわふわさせて、自分の順番が来るのを待っている。りんご飴の列が進むのをしばし見ていたおもちさんだが、すぐに興味が薄れたようだ。

「まあ、いたずらしなければ好きにすればいいですにゃー」

おあげちゃんは、この町で暮らしていると時々見かける、謎の女の子である。僕にも彼女が何者なのかよく分からないのだが、ひとまず知っているのは、かつぶし神社によく出没すること、たまに狐の尻尾が生えていることくらいである。

りんご飴行列が進んで、おあげちゃんの番が回ってきた。お店の人からりんご飴を受け取っている。

「おあげちゃん、買い物できるんだ」

僕ら側よりおもちさん側に近い存在だと思っていたので、人間と同じように買い物をするのがちょっと意外だった。おもちさんがくったりと、僕の肩にもたれかかってくる。

「神社のお賽銭《さいせん》がお小遣《こづか》いなのですにゃ」

「へえ……」

ますます何者なのか疑問だが、多分聞いても分からないので、掘り下げるのはやめた。おあげちゃんが何者だったとしても、おもちさんの言うとおり、いたずらさえしなければ自由に遊んでもらって構わない。

おあげちゃんが人混みの中に消えていく。それとすれ違うようにして、またもや見慣れた顔が現れた。

「あ、おまわりさんだ！　おもちさん抱っこしてパトロールしとる」

こちらに向かって片手をひらひらさせる、ポニーテールの若い女性。ラフな格好の人や浴衣の人が多い中、彼女はオフィス帰り風の装いである。僕は小さく会釈した。

「日生《ひなせ》さん、こんばんは。お仕事帰りですか？」

「そうです。帰りに駅でポスター見て、そういえば今日やったなーって」

日生あかりさんは、今年の春にかつぶし町のアパートに引っ越してきた。少し離れたオフィス街で働く、会社員の女性である。まだこの町に慣れていない彼女は、なにかと僕を頼りにしてくれている。

「花火が見えたらもう寄らずに帰れんですよー。お祭りの雰囲気《ふんいき》、大好き」

日生さんの話し方には、生まれ故郷の訛《なま》りが見え隠れする。お祭りを満喫中《まんきつちゅう》の日生さんは片手にポテトのカップを持っていた。そこからも香ばしい匂いが漂ってきて、食欲を唆《そそ》る。

日生さんはポテトを掲げて唸った。

「おもちさん、今日もかわええね。ナデナデしたいけど、ポテトの手で触ったらおもちさんに油がついてまうなあ」

「では吾輩が日生ちゃんをナデナデしてあげるですにゃ。小槙くん、吾輩をもっと高く抱っこするですにゃ」

おもちさんに指示されるまま、僕はおもちさんを高めに抱き上げて日生さんに近づけた。おもちさんが平たいおでこを日生さんの頬にすりすりと擦りつけると、日生さんはきゃーっと歓声を上げた。

「やったー！　大サービス貰っちゃった。かわええねえ」

仲良しなふたりは、見ていて微笑ましい気持ちになる。すっかりふたりの世界になっていたが、日生さんはついでのように僕のことも思い出してくれた。

「おまわりさん、ポテト食べます？」

「僕は勤務中なので……」

おもちさんを引っ込めつつお断りすると、日生さんはおかしそうに笑った。

「もー、真面目だなあ」

僕をからかってから、彼女はポテトを摘《つま》んで自分の口に近づけた。

「さっき、『お惣菜のはるかわ』さんが出してる、焼き鳥の屋台に行きました。おもちさんが来たら味をつけてないお肉も焼いてあげるって」

途端《とたん》に、おもちさんの金色の目が輝いた。

「小槙くん！　今すぐ現場に急行ですにゃ！」

「おもちさんがついてきた理由、これですもんね」

こうなることは分かっていたし、今日くらいは、おやつをたくさん食べるのを許そうと思う。ただし明日は低カロリーのカリカリだけだ。

と、話していたときだった。人が混み合っているせいだろう、誰かがトンッと、日生さんにぶつかった。

「きゃっ。ごめんなさい」

日生さんがそちらを振り向く。しかしぶつかった相手は人混みの中に紛れていったようで、もういない。一瞬だったから、顔を見ていなかった。

「日生さん、怪我はないですか？」

「はい、軽くぶつかっただけだから……」

そう言いかけて、日生さんははたと固まった。それから素《す》っ頓狂《とんきょう》な声を出す。

「あれっ、ない！」

彼女の短い悲鳴に、僕は咄嗟《とっさ》に身構えた。人混みに紛れてぶつかり、鞄《かばん》やポケットから財布を盗む……スリの常套《じょうとう》手段だ。青ざめる僕に向かって、日生さんはからっぽの左手を掲げた。

「ポテトがない！」

「……えっ、ポテト？」

今度は僕が、素っ頓狂な声を出した。たしかに、先程まで日生さんが食べていたポテトが、カップごとなくなっている。

「他になくなったものは？」

僕が訊《き》くと、日生さんは手提《てさ》げ鞄を確認した。

「ファスナーが閉まっとりましたので、全部無事です」

「よかった。でも、ポテトがなくなっちゃいましたね」

「落としてもいないし……なんでやろ」

日生さんは困惑しつつ、周囲を見回す。僕は改めて、日生さんに確認した。

「さっきぶつかった人、顔を見ましたか？」

「ううん、振り向いたときにはもういなくて。ぶつかったのは腰の辺りだったから、子供かなあ。いや、でもそれが相手の腕だったのか頭だったのかも分からないから、なんとも言えないです」

日生さんが首を傾げる。僕は腕の中のおもちさんにも訊《たず》ねた。

「おもちさんは、なにか見ました？」

「吾輩知らにゃい。それより焼き鳥、はやく食べたいですにゃー」

こんなときでもおもちさんはマイペースだ。呆《あき》れる僕とそっぽを向くおもちさんを見て、日生さんが笑う。

「そうですよ、おもちさんを焼き鳥のところへ連れて行ってあげてください。ポテトなんて、また買えばいいんですから。あ、でも次は焼きとうもろこし食べたいなー」

日生さんはあっさり切り替えて、次の屋台へ向かった。

「それじゃあ小槇さん、お仕事頑張ってくださいね！」

「う、うーん。日生さんが気にしてないならいいのかな……？」

去っていく日生さんを見送り、僕は唸った。そうはいっても、気がかりである。人が手に持っているものが、持っている本人も気づかないほど一瞬で消えるだなんて、そんなこと起こりうるだろうか。鞄から財布を盗《と》る方が、まだ簡単ではないか。

立ち止まっていると、焼き鳥にありつきたいおもちさんがもぞもぞ暴れはじめた。仕方がないので、今はひとまず焼き鳥の屋台を捜しに行く。

途中で、神社の石段に腰掛ける三人組に声をかけられた。

「おもちさんと小槇さんだ！」

「パトロール？　お疲れ様でーす」

春川くんと、彼の軽音部の仲間たちだ。三人それぞれ別々の色のかき氷を食べている。赤いイチゴ味を食べていた春川くんが、石段からこちらを見上げた。

「おもちさん、母ちゃんがおもちさん用にお肉とっておいてるよ。ここからすぐ近くで焼き鳥の屋台やってるから、行ってきなよ」

「行くですにゃー！　小槇くん、緊急走行ですにゃ」

今にも飛び出しそうなおもちさんを押さえ込み、その重たい体を抱え直す。

「はいはい。急がなくてもなくならないですよ」

僕らを眺めて、春川くんが楽しげに笑う。それから彼は、思い出したように話し出した。

「そうそう、聞いてよ小槇さん。さっきラムネ飲んでたら、ちょっと目を離した隙《すき》にそのラムネが消えたんだよ」

彼の言葉に、僕はどきっとした。日生さんのポテトの件が、脳裏をよぎる。

不服そうな春川くんを、軽音部仲間の山村《やまむら》くんが軽快に笑い飛ばす。

「まーだ言ってるよ。手に持ってたラムネがなくなるなんて、あり得ないだろ。忘れてるだけで、飲み終わって捨てたんじゃねえの？」

背が高くてがっちりした体格の山村くんは、見た目どおり性格も豪快である。メロン味の緑のかき氷を、スプーンストローでザクザクつついている。笑われた春川くんは、むすっとして言い返した。

「違うってば。まだ残ってた。小さい子がぶつかってきたから、俺、その子にラムネかけちゃったかと思って慌てたんだよ。でも声をかける前にいなくなっちゃって、気づいたらラムネもなくなってた」

聞けば聞くほど、嫌な予感が募《つの》る。状況が、日生さんと同じだ。

「春川くん、ぶつかってきた人を見たんだね。子供だったの？」

「うん。小学生くらいかなあ」

「他に、なにか盗まれたりはしてない？」

「なにも。ラムネがなくなっただけ」

日生さんにぶつかってきたのも、その子供だと見てほぼ間違いないだろう。多分、わざとぶつかって、他人が持っているものを奪い去っている。

しかしやはり、手に持っているものを一瞬のうちに取るだなんて、どうしたらそんなことができるのだろうか。まるで手品ではないか。

「でもさ、俊太の言うとおり、さっきから走り回ってる子がいるよな」

そう言ったのは、春川くんのもうひとりの部活仲間、田嶋《たじま》くんである。眼鏡をかけた大人っぽい印象の子なのだが、今は青いかき氷に舌を染めている。

「人が多い場所をバタバタしてると危ないから、注意しようとしたんだけどさ。声をかける前に見失った」

それには、山村くんも同意する。

「たしかになんか、落ち着かない子いるよな。さっき会ったクラスの友達も、そんなようなこと言ってた。そういや、食べてたチョコバナナがどっかいったとも話してた」

「でもそれ、俊太がラムネなくしたとき、別方向から来た奴らだよな？　もしかして例の子供、瞬間移動してる？」

ぶつかってくる子はあちこちで目撃されているらしい。ますます謎が深まってきた。

考える僕の背後で、若い男性の声が上がった。

「うわっ、君、走っちゃだめだよ。……あれ？　フランクフルトがない」

なにやら、こうしているうちにも次の被害が出ているようだ。

走り回っては消える、幼い子供。人間業《わざ》とは思えない、不思議な所業《しょぎょう》。なにが起きているのだろう。

ひとまず、運営本部のテントに行ってみて、トラブルの情報が集まっていないか確認しようか。

僕がこんなに真面目に考えているというのに、おもちさんは焼き鳥食べたさに痺《しび》れを切らしていた。丸い手でぽふぽふと、僕の肩を叩く。

「小槙くん、吾輩焼き鳥食べるですにゃ。いつまでもお喋りしてるなら、小槙くん置いてっちゃうですにゃ」

おもちさんは太った体をむりむり振って、僕の腕から這《は》い出てくる。押さえ込もうとすると、上へ上へと逃げていく。

盗難だとしても被害が大きくないのは救いだが、だからといって見過ごせない。それに走り回るのは危ないし、幼い子だというなら親御さんはどこにいるのだろう。

考えているうちに、ついにおもちさんは僕の肩に上り、背中を蹴って地面に降り立った。そして雑踏《ざっとう》の足元を縫《ぬ》って、ぴゅーっと駆け出していった。

「あっ、おもちさん！」

追いかけようとしたそのとき、きゅっと、誰かが僕の服を背中から引っ張った。見ると、白と桃色の浴衣に身を包んだ、小さな女の子がいる。

「おあげちゃん。こんばんは」

捜しても見つからないのに、現れるときは突然やってくる。おあげちゃんは僕のシャツを引っ張ったまま、眉間に皺を寄せていた。

「おまわりさん。悪い奴、捕まえてほしいのー」

「ん？　おあげちゃんも、なにかあったの？」

僕が訊ねると、おあげちゃんはシャツから手を離した。そしてぷくーっと、頬を膨《ふく》らませる。

「おあげのりんご飴、取られちゃったの！」

「おあげちゃんもか！」

これまた意外だ。いたずらっ子なおあげちゃんが、やられる側に回るとは。俊敏《しゅんびん》に動き回る神出鬼没《しんしゅつきぼつ》のおあげちゃんからりんご飴を奪うとは、一体何者なのだ。

おあげちゃんがぷんぷんとふくれっ面で訴える。

「おあげ、取り返そうとしたけど、逃げられたの。ヒーローレッドなの。捕まえてほしいのー」

「ヒーローレッド……？」

首を傾げていると、かき氷をつつく春川くんが言った。

「そうそう、戦隊ヒーローのお面をつけてる子だったよ。膝丈くらいの短パンの男の子」

春川くんは虚空《こくう》を見つめ、首を傾げた。

「でも、お面は緑だった気がするぞ？」

それを受け、山村くんが眉を寄せる。

「え？　クラスの友達、青だったって言ってたけど？」

「いやいや、この女の子が赤だったって言うなら赤なんでしょ」

田嶋くんも、おあげちゃんを手で示して口を出す。三人はお互いのかき氷の色を覗き、首を捻《ひね》った。彼らとおあげちゃんを見比べて、僕は一旦切り替えた。

「まずは運営本部のテントに行ってみるよ。いろいろ教えてくれてありがとう。またなにかあったら連絡してね」

「うん。行ってらっしゃい」

手を振る春川くんと別れて、僕は運営本部を目指した。走り回ってぶつかる子供、屋台で買ったものが消える謎。今のところ大事には至っていないが、これから大きなトラブルに発展しかねない。

空から花火の音がする。最初の花火から時間を置いて、二回目が始まったようだ。ドン、と近くで鳴ると、体の内側にまで響くような感覚がある。またドン、パラパラと、光が爆ぜる。煙の匂いが漂ってくる。

ふいに僕は、川沿いの民家の塀に座るおもちさんを見つけた。花火を見上げるおもちさんは、白い毛に色とりどりの光を反射させていた。揃えた前足の前には、焼いた鶏肉。空き缶をお皿にして、もぐもぐ食べている。

「焼き鳥、貰えたんですね」

と、話しかけようとした、そのときだ。

塀の向こうから、何者かが手を伸ばし、おもちさんを突き飛ばした。ぽてっと転げ落ちたおもちさんは、塀の下の地べたにひっくり返って、目を見開いている。

「わっ、おもちさん！　大丈夫ですか⁉」

僕が駆けつけると同時に、ひょいと、塀に飛び乗る影が見えた。膝丈の短パンに、Tシャツ。顔には、ヒーローのお面。

ドンと、花火が上がる。火の粉に照らされたお面は、赤い。

お面の少年は、塀の上に残っていた焼き鳥の入った缶を、素早く回収した。そして塀を踏みしめて飛び降りると、花火を見上げる人と人の間へ滑《すべ》り込んでいく。ここまで、全てが一瞬だった。

呆然《ぼうぜん》とする僕の横から、恨みがましい声がした。

「お……おのれ。吾輩の焼き鳥を……！」

体勢を立て直したおもちさんが、尻尾を膨らませてわなわな震えている。そしておもちさんは、鉄砲玉の如《ごと》く勢いよく走り出した。

「返すですにゃー！　それは吾輩のために用意された吾輩の焼き鳥ですにゃ！」

おもちさんは人々の足を器用に躱《かわ》して駆け抜けていく。真ん丸の体をしているくせに、意外と動きが素早いのである。僕は目を白黒させつつ、おもちさんを追いかけた。

「す、すみません、通してください」

人混みをかき分けて、おもちさんを捜す。お面の少年は瞬《また》く間に見えなくなってしまったが、おもちさんの尻尾は見つかった。おもちさんには少年がどこにいるのか分かるのか、迷いなく突き進んでいる。

神社の石段に戻ってきた。境内のメイン会場へ櫓を見にいく人たちが、のんびり石段を上っている。そんな中へお面の少年が出現し、人にぶつかろうとする。そこへおもちさんが割り込んで、少年の手から焼き鳥を取り返そうとする。

「焼き鳥ー！」

「うわっ、しつこいな！」

少年が叫び、おもちさんを躱して石段を駆け上がる。おもちさんも諦《あきら》めない。ぽよぽよと飛び跳ねて石段を上がり、少年の足元にまとわりついている。

巻き込まれた人はぽかんとして彼らを目で追っている。僕はすれ違いざまに頭を下げた。

「すみません、お騒がせしました」

少年とおもちさんを見失うわけにいかず、僕も石段を全力で駆け上がる。メイン会場にはどんと、大きな櫓が聳《そび》え立っている。上では法被姿《はっぴすがた》のお兄さんが太鼓《たいこ》の準備をしており、下では盆踊りの子供たちで賑わう。それをかき分けるようにして、少年が飛び込み、おもちさんも突進する。子供たちが驚いて叫ぶ。僕は子供たちにぺこぺことお辞儀《じぎ》して割り込んだ。

「驚かせてごめんね。危ないから、ちょっとだけ下がっててね」

そうしている間も、少年は櫓の柱を掴《つか》んで柵に飛び乗り、軽やかに跳んで高いところへ移る。まるで無重力だ。あんなむちゃくちゃな動きができる子ならば、人の手から瞬時に物を奪うのも可能かもしれない。

しかし、おもちさんも負けていない。

「吾輩の焼き鳥ですにゃーー！」

普段あんなにごろごろと怠《なま》けているのに、丸々とした体を弾《はず》ませてお面の少年を追跡している。

お面の少年が櫓のてっぺんから飛び降りて、境内の藪《やぶ》へと潜《もぐ》り込む。おもちさんも同じく、隕石《いんせき》みたいに落下してきて少年の消えた先へ転がっていく。僕はというと、唖然《あぜん》としている子供たちと太鼓のお兄さんに手を合わせて謝り、おもちさんの行方《ゆくえ》を追った。

少年とおもちさんは、藪の向こうの林を突き進んでいた。お祭りの会場からみるみる離れていく。人影がなくなっても、花火の音だけは空に響き渡っている。

走りっぱなしで石段も駆け上っている僕は、いい加減息が上がってきていた。しかしお面の少年は疲れ知らずで、小猿のように身軽に動き続けるし、おもちさんもよほど焼き鳥にご執心《しゅうしん》なのか全く引き離されない。疲れてきたせいか、目眩《めまい》がする。なんだかお面の少年が三人くらいに分裂して見える。

いや、目を擦って改めて見てみたが、少年は三人いた。みんな似たような服装だが、色違いを着ている。お面も、真ん中の子はレッド、左がグリーン、右がブルーである。やがておもちさんが、レッドの背中に飛びついた。

「捕まえたですにゃ！」

「わーっ！　離せ！」

少年が暴れるも、おもちさんはしがみついて彼の腕に回り込み、そしてついに、焼き鳥の缶を奪い返した。

レッドが尻餅《しりもち》をつく。そしてそれと同時に、お面が外れ落ちた。おもちさんの爪がゴム紐《ひも》に引っかかって、切れたのだ。お面が外れた少年の顔は、後ろにいた僕からは見えない。

グリーンとブルーが、レッドに慌てて駆け寄ってきた。

「兄貴、怪我してない？」

「兄ちゃん、大丈夫？」

三兄弟、なのかな。僕は少し離れた場所で立ち止まり、息を整えていた。レッドはチッと舌打ちして、おもちさんに言った。

「やるじゃねーか。俺たちの祭りの邪魔《じゃま》をするとは」

「にゃん？　君たちのお祭り？」

おもちさんは残りの焼き鳥をぺろりと平らげると、顔を上げた。僕はようやく呼吸が整ってきて、彼らに声をかけようとした。が、その矢先にレッドが言う。

「そうだな、お前は猫だし、ここなら人間がいないから、話してやってもいい。お前は俺に勝ったんだもんな」

僕はその場で体を強張《こわば》らせた。なんだかよく分からないけれど、今ここで出ていくのはやめた方がいい気がする。とりあえず、足音を立てずにそっと後退して、木の陰に身を潜めた。

レッドは尻餅の姿勢から足を組み、胡座《あぐら》をかいた。

「恐《おそ》れ慄《おのの》け。俺たちは今、全国各地の祭りを巡《めぐ》ってるんだ。そしてそれらを全部、俺たちのものにしている」

「どゆことですにゃ。つまり君たちは、他の町のお祭りでもこんなことをしてるですにゃ？　なぜですにゃ？」

おもちさんがこてんと首を傾げる。これには、左のグリーンが答えた。

「人間が悪いんだ。オイラたち一族は、人間の祭りを一緒に楽しみたいだけなのに、追い払われた」

「どうして追い払われたですにゃ？」

「何百年も前の祖先が、人間の作物を荒らしたからだってさ」

レッドが恨みがましく言う。

「先月、上の世代から教えてもらったんだ。俺たち一族の歴史」

そう前置きして、レッドはぽつぽつと話しはじめた。

古来より、彼らの一族は山奥で大人しく暮らしていた。たまに行われる人間の祭りに遊びに行くのが、ちょっとした楽しみだったという。しかし一部のならず者による作物荒らしの一件から警戒されるようになり、それ以降の世代は全員、人間の村に入ることを禁じられた。

この話を聞いた三人は、居ても立ってもいられなくなったという。

「お祭り……祖先が人間と一緒に遊んだ、お祭り。すげえ楽しそうで、羨ましくて……」

レッドはそう言いかけてから、ハッと顔を上げた。激しく首を横に振って、言い直す。

「じゃなくて、こ、これは復讐《ふくしゅう》だ！　一族が何百年も仲間外れにされたぶん、全部の祭りを荒らすんだ！」

胸に手を当てて叫ぶレッドに追随《ついずい》して、グリーンも指差しポーズを取る。

「美味《うま》い物を食い尽くして、欲しい物も手に入れる！」

ブルーも、両腕を振り上げて甲高《かんだか》い声で加勢した。

「祖先たちが楽しんでた『お祭り』がどんなのか知りたいから、あっちこっちのお祭りを遊び尽くすのだー！」

三人のヒーローポーズが決まる。おもちさんは彼らを眺めて、ふむうと唸った。

「つまり君たちは、お祭りで遊びたかったですにゃ？」

「違う、復讐だ！」

レッドがもう一度言う。おもちさんは彼らを見つめ、目を閉じた。

「では、そういうことにしておいて。理不尽《りふじん》な目にあったから怒っている、と。なるほど、ごもっともですにゃ」

頷《うなず》いたのち、おもちさんは目を見開き、くわっと牙を剥《む》き出しにした。

「だがしかし！　どんな事情があろうとも、吾輩の焼き鳥を奪っていい理由にはならないですにゃ！」

それはそのとおりだな、と、僕は木陰で頷いた。

「不当な理由で寂しい思いをしたのは気の毒だけれど、だからといって悪さをしても許されるわけではないですにゃ。でもって、人間に構ってほしいなら人間のルールを守らなくてはいけない。そうでなければ、追い払われて当然ですにゃ」

「なんだこの猫、正論だ。喋る猫のくせに」

レッドが怯んだ声を出す。両脇のグリーンとブルーも、レッドにくっついて小さくなっている。おもちさんは顔の真ん中に皺を寄せた。

「ヒーロー戦隊なのに、悪の組織の下っ端みたいな悪さして、かっこ悪いですにゃ！」

「なんだとー!?」

レッドがなにか言い返そうとしたが、自らの行いを省《かえり》みたのか、なにも言えずに押し黙った。代わりに、隣にいた少年が、掠《かす》れた声を絞り出す。

「じゃあ、どうすればよかったの」

俯《うつむ》いて呟く、グリーンである。

「一族丸ごと追放されたんだ。オイラたちは、ルールを守ろうとしていても、姿を見せただけで仲間外れにされるよ」

「そうだそうだ。どうせ石を投げられる」

ブルーが拳を震わせる。おもちさんは、彼らそれぞれの顔を見上げた。

「そうとも言い切れないですにゃ。人も、時代も、変わっているから」

また、空に花火が上がった。

「昔だったら考えられなかったけど、今は常識になったことって、いっぱいあるですにゃ。逆も然《しか》り。異質なものをいじめても良しとされた時代があっても、『傷つく人がいるからやめよう』という声が上がれば、少しずつ、変わっていくですにゃ」

ヒーロー三人の背中は、大人しくなって動かない。おもちさんは彼ら越しに僕を一瞥した。

「殊《こと》に、ここはどうもおおらかな人が集まりやすい町ですにゃ。君たちの正体を知っても、大して驚かないどころか気にしないやもしれないですにゃあ」

「そうかな……」

レッドが俯く。おもちさんは目を細め、小首を傾げた。

「とはいえ、いたずらをしたことはきちんと謝らないとだめですにゃ。さっきも言ったとおり、ルールを守らない奴は遊ぶ資格がないから」

「そ、それは……」

「まず吾輩の焼き鳥を奪った件について、かつぶし町の海より深く謝罪してもらわねばならないですにゃ」

焼き鳥を奪い返してもまだ根に持っているおもちさんは、細めた金の目をギラリとさせた。レッドがびくっと肩を竦《すく》める。

「う、ごめんなさい」

レッドの方をちらりと見て、ブルーがおもちさんに問う。

「オラも謝ったら、お祭り、遊ばせてもらえる？」

「さあ。許してもらえれば、ですにゃ」

おもちさんは興味なさげに、後ろ足で首を掻いた。

「町の人々はさておき、君たちは、敵に回すと厄介《やっかい》な子を怒らせたですからにゃあ……」

「えっ？」

少年たちが身じろぎする。僕の背後の空で、また、花火が打ち上がった。おもちさんが見上げ、少年たちも振り向いて、花火に顔を向けた。おかげで三人の顔が、こちらに傾く。

花火の光に照らされた、レッドの横顔。お面が外れたその額には、なにかがちょこんと突き出ていた。鋭く尖ったそれは、角だろうか。

「さあ、鬼ごっこはおしまいですにゃ」

おもちさんがまばたきをする。

「ちゃんとごめんなさいしないと、終わらないですにゃ」

「うん」

反省したのか、はたまたおもちさんに追い回されて懲《こ》りたのか。少年たちは、素直に頷いた。

お祭りが終われば、町を飾っていた提灯やポスターが全て片付けられる。ひと区切りついて町が元の風景に戻ると、夏の終わりが来た気持ちになる。

あのあと、お祭りの運営本部のテントに、戦隊ヒーローのお面をつけた少年たちが謝りに来たらしい。彼らはこってり叱られたようだが、最終的には、「また遊びにおいで」と許してもらえたそうだ。

彼らについて、おもちさんはなにも言わない。焼き鳥を取り返したから満足しているのだろう。僕も、特に聞かない。

その日、僕が町をパトロールしていると、道路の端をのこのこ歩くおもちさんを見つけた。散歩をするおもちさんを横目に眺めていたら、通りにある古本屋さんから、男の子が出てきた。顔が隠れるほど本を積み上げて、外のワゴンへ運び出している。

「あっ。おい、猫！」

彼はおもちさんを見つけて、積んだ本の脇から顔を覗かせた。頭にはヒーローの、赤いお面を引っ掛けている。おかげで鼻先から上は隠れて見えない。おもちさんが立ち止まり、彼を見上げる。

「おや。古本屋さんのお手伝いしてるですにゃ？」

「働いたらお小遣いくれるって聞いて……じゃなくて、お前、あいつなんとかしてくれよ！」

レッドは本をワゴンに載せて、ため息をついた。

「人間は謝ったら許してくれたけど、ひとりだけずーっと許してくれねえ。りんご飴を百個用意しろなんて無茶言うんだ。横暴《おうぼう》が過ぎる」

「だーから言ったですにゃ。『敵に回すと厄介な子を怒らせた』って」

おもちさんは呆れ声で言って、散歩を再開した。

「せいぜいお手伝いでお小遣いを貯めて、りんご飴百個用意するですにゃ。頑張るですにやー」

「あっ、お、おい！　くそ、自分で蒔《ま》いた種だから仕方ねえ。こうなりゃヤケクソだ」

レッドはおもちさんのお尻を睨《にら》みつけて、古本屋さんの手伝いを続けた。僕も彼の背中を見送り、パトロールに戻る。なにがどうなってそうなったのか細かく聞いてみたい気もするが、僕ら警察官には民事不介入《みんじふかいにゅう》の原則がある。彼らが彼らで解決したなら、それでいいか。

「いい天気だなあ」

秋が近づく空に向かって、僕は呟いた。

大きなお魚

　交番の外に、高校生の女の子たちが四、五人集まっている。彼女たちはお腹を出して日向《ひなた》ぼっこをしているおもちさんを囲んで、なにやら盛り上がっていた。

「これでよし！　明日こそ先輩に告白する！」

　聞こえてくる声を小耳に挟《はさ》み、僕は引き継ぎ書類から顔を上げた。

「おもちさん、またなにか願掛けされてますね」

「最近流行《はや》ってるおまじないでしょうね」

　そう答えたのは、隣の椅子で足を組む、僕の先輩——柴崎《しばさき》さんである。

　柴崎さんは、僕よりひとつ年上の女性警察官で、かつぶし交番の勤務年数も僕より一年多い。表情の乏《とぼ》しい顔と抑揚《よくよう》のない話し方のせいで、気難しそうな印象を持たれがちだが、怖い人ではない。

「おもちさんって、頭を撫でると、とか、おやつをあげると、とかいろいろありますよね。また新しいおまじないが生まれたんですか？」

僕が訊くと、柴崎さんは涼しげな目で僕を一瞥した。

「おもちさんのお腹に、指でハート印を描くんです。すると良縁に恵まれるだったか、好きな人と結ばれるだったか、恋人と上手くいくだったか、そんなような」

効果が曖昧《あいまい》だが、ともかく、恋のおまじないのようだ。僕は外のおもちさんに目をやった。

「へえ、縁結びのおまじないかあ。青春ですね」

「大人もやってますよ」

外の女の子たちが、キャッキャと盛り上がりながら去っていく。縁結びか、と、僕はもう一度、口の中で呟いた。僕もそろそろ、独身寮を出たいお年頃である。

そんなことを考えていたのが伝わったのか、柴崎さんが冷めた声色で訊いてきた。

「小槙くんも、おまじないやりたいんですか？」

「ははは……まさか」

「そうですよね。なんの信憑性《しんぴょうせい》もないし、おもちさんの機嫌が悪ければ引っ掻かれます」

話していると、おもちさんが引き戸を開けて入ってきた。カウンターを飛び越えてくるおもちさんに、僕はのんびり話しかける。

「おもちさん、縁結びのご利益もあるんですね」

「誰が言い出したのやら、この頃そんな噂《うわさ》が広まってるようですにゃあ」

おもちさんは肯定も否定もせず、僕の膝に飛び乗った。

「吾輩に間違いなくできるのは、こうして、失恋した小槇くんの側にいることだけですにゃ」

「失恋してないですよ！」

「失敬《しっけい》。縁結びに期待しているようだったから、気遣《きづか》ってしまったですにゃ」

おもちさんは哀れみの目で僕を見て、膝の上に丸くなった。

「始まってもいない恋を、勝手に終わらせてしまったですにゃ。いやはや、失敬、失敬。そういえば小槇くんの前任の前任の前任も、『おまわりさんは出会いの場が少ない』って嘆《なげ》いていたですにゃ」

「ほっといてくださいよ」

そんなやりとりをする僕らを、柴崎さんが鼻白《はなじろ》む。

「しょうもない話はそこまで。仕事してください」

「しょうもないとは如何《いか》に。柴崎ちゃんだって、吾輩のお腹にハート描いたですにゃ」

突然おもちさんが暴露《ばくろ》する。柴崎さんはピシッと固まり、僕は両手で口を押さえた。

「柴崎さんが、おもちさんのお腹で縁結びのおまじない!?　さっきあんなに興味なさそうだったのに」

恋の気配を察知して沸《わ》いていると、柴崎さんの鋭い眼光が刺さった。今度は僕が凍りつく。

「すみません、これまで柴崎さんと恋愛の話をする機会がなかったので、なんだか一気に親しみが湧《わ》いてしまって……」

「おもちさんを撫でるついでにやってみただけです。本当に効果があるとは思えないし」

柴崎さんは、淡々と言ってのけた。

「それに、縁というのは恋愛に限らずいろんな意味合いがありますから。友人に恵まれるのも、仕事が軌道《きどう》に乗るのも縁です。……まあ、久々に恋もしたいけど」

最後に少し照れ顔を見せた柴崎さんに、僕はひゃあっと歓声を上げた。ロボットみたいな柴崎さんのこんな一面を見ると、嬉しくなってしまう。喜ぶ僕が面白くないらしく、柴崎さんは僕を無視してやりかけの仕事を再開した。

僕も頭を切り替えて、書類とにらめっこする。柴崎さんから引き継ぐ業務の書類を見ていると、海で財布をなくしたという届け出があった。

「海水浴シーズンが終わっても、海のトラブル、まだありますね」

「船で釣りをしていたときに、うっかり落としたみたいですよ」

「わあ……見つかるかな」

夏の終わりと同時に、かつぶし町の海も遊泳期間が終わる。もともとさほど混むわけではないし、警察沙汰のトラブルは少ないが、時折こういう事故がある。僕はなんとはなしに、柴崎さんに雑談を振った。

「柴崎さんは、海、行きました？　仕事じゃなくて、遊びにです」

「行くわけないでしょう。砂でジャリジャリするし潮でベタベタするし、クラゲに刺されるじゃないですか」

柴崎さんは即座にスパッと一蹴《いっしゅう》した。おもちさんが耳をぴくりとさせ、僕に言う。

「吾輩、知ってるですにゃ。柴崎ちゃん、小っちゃい頃に浮き輪でぷかぷか、沖に流されたですにゃ」

「ちょっと、おもちさん。そういうの言わなくていいから」

柴崎さんが眉を寄せる。クールな柴崎さんだが、彼女は猫が好きで猫にだけは甘い。だから、こんな弱みもおもちさんには話してしまったらしい。幼い頃に波に攫《さら》われて怖い思いをしたのなら、海に入りたくもなくなるだろう。

柴崎さんは咳払いをした。

「まあ、そんなわけで海には入りません。人間は陸の生き物です。陸から見るぶんには、海は好きですけどね。だからこの町も、嫌いじゃない」

僕の膝の上のおもちさんがぴょこんと飛び降りて、今度は柴崎さんが使っているデスクの足元にやってきた。

「柴崎ちゃん。浮き輪でぷかぷか、遠くの海に流されたとき、どうだったですにゃ？」

どうもなにも、怖かっただろう。と、僕は思った。まだ浮き輪を使っているくらいの子供が、波に攫われ、泣いても叫んでも浜にいる家族に声が届かないなんて、怖かったに決まっている。ところがおもちさんが聞きたいのは、そこではないらしい。

「遠くの海には、おっきなお魚、いたですにゃ？」

「お魚？」

仕事に取り掛かっていた柴崎さんが、手を止めておもちさんを振り向く。おもちさんは前足を上げて、後ろ足だけで立ち上がった。

「おっきな海にはおっきなお魚がいるですにゃ。浜から遠くなればなるほど、スペースが広くなるから、お魚がおっきくなるのですにゃ」

短い前足をめいっぱい広げて、おもちさんは目を輝かせる。

「こーんなおっきなお魚いるですにゃ。柴崎ちゃんも、見たですにゃ？」

マグロの一本釣りの映像でも観て、感化されたのだろうか。幼い柴崎さんは命の危機に晒《さら》されたというのに、おもちさんは呑気《のんき》である。柴崎さんは呆れ顔で、短く答えた。

「見てませんよ」

「なんと……」

両前足を広げて背中を反らせていたおもちさんは、そのままころんと、仰向けに倒れた。

「吾輩は水が嫌いだから、遠くの海は行きたくないですにゃ。けど、おっきなお魚は、見てみたいですにゃ。お腹いっぱい食べてみたいのですにゃ」

天井に向かって目を瞑《つぶ》り、魚に思いを馳《は》せている。白いお腹を見せるおもちさんに、僕は苦笑した。

「そんなに大きなお魚じゃ、おもちさんより大きいじゃないですか。お腹に入りきらないですよ」

椅子から立って、大の字のおもちさんの横にしゃがむ。お腹を指でふわりと撫でると、おもちさんは気持ちよさそうにゴロゴロと喉を鳴らした。

「む……？　小槇くん、ハートの描き方が慎《つつ》ましいですにゃ。もっと大胆に描いたらいいですにゃ」

おもちさんの言葉で、柴崎さんが椅子から僕を見下ろした。おまじないに頼ろうとしているのをバラされ、僕は変な汗をかいた。

「ちょっと、おもちさん。守秘義務！」

「吾輩、猫だから守秘義務ないですにゃ」

そこへ、入口の引き戸が開く音がした。僕はおもちさんを構うのをやめ、立ち上がる。入ってきた男性に、僕は会釈をした。

「こんにちは。どうなさいました？」

すらっと背の高い、鼻筋の通ったきれいな顔の青年だ。彼は涼やかな目元を柔らかに細め、カウンターに財布を置いた。

「落とし物。近くの海で拾いました」

「あっ、財布！　これ、さっきの遺失届《いしつとどけ》にあった財布だ」

柴崎さんから引き継いだ、落とし物の財布である。海水を吸い込んで無惨《むざん》な姿になってはいるが、中に入っているカードに書かれた名前を見ても、この財布で間違いない。

釣り中に海に落としたと聞いていたのだが、この人が拾って持ってきたということは、運良く浜に流れ着いたのだろうか。

床に寝そべっていたおもちさんが、カウンターに上ってきた。おもちさんはヒゲをひくひくさせて、財布を届けてくれた青年に顔を近づける。僕は財布を引き取って、お辞儀をした。

「ご協力ありがとうございます。遺失者の方に連絡しますね」

「よろしくお願いします。あ、お礼はいらないんで、そう伝えておいてください」

青年はにこっと微笑むと、踵《きびす》を返した。財布を丸々届けてくれて、名乗らずに去っていく。彼が引き戸を閉めようとすると、おもちさんはカウンターから降りて、彼についていった。青年の方もおもちさんを追い払うでもなく、ふたりで交番から出ていってしまった。

僕は財布を片手に、閉まった引き戸を見ていた。

「おもちさん？　行っちゃった。なんだろう、あのお兄さんを気に入ったのかな」

おやつをねだったりして困らせていなければいいが……。ひとまず僕は財布の件を処理しなくてはならない。落とし主に連絡をして、書類を作ってと、やることはたくさんある。事務室を振り向いて、僕は目を丸くした。

「し、柴崎さん？」

後ろで仕事をしていたはずの柴崎さんが、こちらに顔を向けて呆然としている。口を半開きにしてぼんやりしている柴崎さんなんて、初めて見た。

「どうしました？」

「えっ、あ。ごめんなさい、ちょっと驚いてしまって」

僕の声で柴崎さんが我に返った。でもまだ少し、ぽけっとしている。僕はまさかと、息を呑んだ。もしやおもちさんのおまじない効果で、柴崎さんに運命の相手が現れたのか。あの青年は格好よかったし、柴崎さんがひと目惚《めぼ》れしてしまっても不思議はない。

僕がなにを考えているか見透《みす》かしたのか、柴崎さんは立ち上がって否定した。

「違う、ひと目惚れじゃない」

「なんで僕の思考を読めるんですか？」

「小槇くんはすぐ顔に出るから」

柴崎さんは一旦目を伏せ、そして僕の向こうの引き戸を見つめた。

「今の人、似てたんです。初恋の人に」

「初恋！」

これまた甘酸っぱいフレーズが飛び出してきて、僕はまたもや歓喜の声を上げた。柴崎さんが鬱陶《うっとう》しげに眉を寄せる。

「ときめきに飢えてるからって、単語ではしゃがないでください。恋といっても、憧《あこが》れに近いものですよ。幼児の頃の話ですので」

「そっか、かわいいですね」

小さな女の子だった柴崎さんが、先程の人のような美青年に恋をしていたと思うと、微笑ましくて顔が綻んでしまう。僕が椅子に腰掛けると、柴崎さんも、ため息と共に座った。

「前に、小槇くんも小さい頃の話をしてくれましたね。山で迷子になった、って。だから、聞いてくれるなら話します」

わくわくしている僕を無視しきれなかったのか、柴崎さんは仕事をしながら話し出した。

「さっきおもちさんが言ってた、私が沖に流されたという話。あのとき、私を見つけて、助けてくれた人がいたんです」

「もしかして、その人が？」

「ええ。初恋でした」

波に攫《さら》われて不安でたまらなかったときに、助けてくれたお兄さん。なるほど、好きになってしまう。僕も、山で迷子になったときに助けてくれた駐在さんに憧れた。柴崎さんの心に強く刻まれた気持ちには、共感できる。

「海で助けてくれたなら、ライフセーバーの方だったんですか？」

「細かくは覚えてないけど、多分。すごく泳ぎが上手で、浮き輪を引いて運んでくれる姿がとてもきれいでした」

手を差し伸べてくれて、命を救ってくれた人だ。柴崎さんの目に映る彼は、頼もしくて格好よくて、美しかっただろう。

「財布を拾ってきた人は、当時の彼に似ていた。あんまりそっくりだったから、びっくりして、つい呆けてしまいました」

柴崎さんが感情の籠《こも》らない声で話す。

「そっくりだけど、他人の空似です。沖に流されたのは二十年も前なので、本人は今はもっとおじさんになってるはず」

「分かんないですよ。なぜか何十年も見た目が変わらない人、たまにいるじゃないですか。あれだけ容姿の整った人なら美容に気を使ってそうですし、あり得なくはないです」

僕が冗談半分で言うと、柴崎さんはちらっとだけこちらに冷めた視線を送った。僕は怯まずに続ける。

「本人じゃなくても、あんなきれいな人、滅多にいないですよね。もしかしたら親類かも？」

「そうだったとして、名前も連絡先も分からないんですから、どうしようもない」

柴崎さんの長い睫毛《まつげ》が、書類に向かっている。僕は届けられた財布に目をやった。あの人は「お礼はいらない」と言って名乗らずにいなくなってしまったから、なんの情報もない。

柴崎さんはもう一度僕を一瞥した。

「さっきも言ったとおり、これは子供の頃の憧れ。もう二十年も前に終わった話です。二度と会えないのが普通なんですから、これでいいんです」

彼女にとっては過去の話だ。あのとき助けてもらった、その確実な事実ひとつで、充分なのだろう。だけど僕は、もったいない気がした。

「そうかなあ。『終わった話』ではないですよ。初恋の人、また会えるかもしれないじゃないですか」

僕はおもちさんの白いお腹を思い浮かべた。

「縁結びのおまじない、したんですよね。さっきの人が来たのも、そのおまじないのおかげかもしれませんよ。縁があったら、きっとまた会えます」

おもちさんのおまじないにどれほどの効果があるかは分からない。だが、期待してみたい。柴崎さんは数秒だけペンを止め、小さく頷いた。

かつぶし交番は、三人の警察官の三交代制で回している。柴崎さんは午前中で仕事を終えると、交番業務を僕に任せて引き上げた。

そういえば、おもちさんがまだ帰ってこない。財布を届けてくれた青年についていったままである。おもちさんがああして来客についていくのは珍しい。

おもちさんが戻らないまま昼が過ぎ、僕は漁港周辺の見回りに出かけた。秋晴れの海がきらきらしている。並んだ漁船にウミネコやサギがとまって翼を休め、その上空をトビが旋回《せんかい》する。

トビの鳥影を見上げていると、ふいに、聞き慣れた声がした。

「君のヒレは珍しい形ですにゃ」

「はは。これはヒレじゃなくて脚だよ」

返事をするのは、財布を届けてくれた、あの青年である。僕の数メートル先を、おもちさんと、例の青年が並んで歩いていた。彼らが交番を出ていって随分《ずいぶん》経《た》つのに、まだ一緒にいたようだ。

長い脚で悠々《ゆうゆう》と歩く青年に、おもちさんが早歩きでついていく。

「海はどれくらい広いですにゃ？」

「すごーく広いよ。大きな魚が大きな群れになっても、まだ自由に泳げるくらい広い」

「そんなにいっぱい魚がいたら、食べ放題ですにゃ。吾輩、おっきなお魚、食べたいですにゃ」

おもちさんはぽよっとスキップした。青年がおもちさんを見下ろす。

「この辺りの海は地形がよくて、黒潮《くろしお》の流れもいい。おかげで棲《す》んでる魚の種類がすごく多いんだよ。千種類、いや、それよりもっと」

微笑む横顔が、楽しそうに続ける。

「それにこの海は深さもある。最深部は水深二五〇〇メートル。そんなところに棲んでる魚はユニークな奴ばかり。流石《さすが》にここまで深いところには、僕もそうそう行かないんだけどね」

「浅いところのお魚と深いところのお魚は、一緒に棲まないですにゃ？」

「適している環境が違うからね。実際に暮らしてみると分かる。明るさも水圧もがらっと変わって、同じ海でも別世界だ。ああでも、浅い海から深海まで広く生息するアンコウとか、そういうどこでも誰とでも顔見知りの奴もいるよ」

青年とおもちさんの会話に、僕はつい、聞き入ってしまった。なんだかこの人、やたらと海に詳しい。おもちさんが不思議そうに訊ねる。

「海は広くて深くてお魚いっぱいいるのに、どうして君は陸にいるですにゃ？」

人間だからだよ、と僕は口を挟みたくなった。おもちさんに変な質問をされても、青年は軽やかに笑ってユーモラスに返した。

「陸には陸にしかない魅力があるじゃないか。例えば、君がいる。猫は水が嫌いだから、海には住めないだろう？」

「陸の魅力。それを楽しむために、君にはヒレじゃなくて脚があるのですにゃ？」

なんだろう、さっきからおもちさんが妙な質問ばかりしている。青年は後ろで手を組んで、軽やかに歩いている。

「そうさ。陸の方が狭いのに、生物の種類が豊富だ。娯楽《ごらく》も多くて楽しい。便利なものもいっぱい」

彼は歩みを止めて、防波堤に頬杖《ほおづえ》をついた。

「海もいいけれど、泳いでるだけでは飽きてしまう。僕は欲張りだからね、気分次第で好きなところで好きなように過ごすんだ」

おもちさんのヘンテコな質問に、青年もこれまた奇妙な回答をする。この青年も、結構変わり者かもしれない。こんなのまるで、彼が海と陸の二重生活をしているかのような口ぶりではないか。

おもちさんも足を止め、青年を見上げて座った。

「吾輩、おっきなお魚を食べたいですにゃ」

「またそれかい？」

「海にいても陸にいても、同じお魚なら、同じ味がするですにゃ」

昼下がりの陽光に照らされた海から、アオサギが羽ばたいた。くちばしには、銀色の魚を咥えている。

おもちさんが、大きく口を開けた。

「ちょーっとだけ、味見してもいいですにゃ？」

小さな牙が青年に向いている。僕は立ち止まって、並んだふたりの姿を見つめていた。海と陸。ヒレと脚。海底に沈んだはずの財布。二十年前から姿が変わっていない、泳ぎの上手なお兄さん。

〝おっきなお魚〟……。

おもちさんが青年の足首に齧りつきそうになったとき、青年は、相変わらずの柔和な笑顔で言った。

「陸では、人魚の肉はとても美味と言われているそうだね」

おもちさんは口を開けたまま、無言で青年の顔を見ている。青年はおもちさんを避《よ》けるでもなく、続けた。

「実は海でも、陸の猫は……なんて言われてるか、知ってる？」

ニヤッと口角を吊り上げた青年の口から、隠れていた歯が覗く。ずらりと並んだそれは、ノコギリ状に鋭く尖っている。

それを見るなり、おもちさんはびくっと身を縮めた。青年はその端正な顔に不似合いなギザギザの歯を見せ、目を細める。

「君は丸々と太っていて、柔らかそうでおいしそうだ」

おもちさんは耳を寝かせて、尻尾を後ろ足の間に巻き込んだ。青年を見上げたまま、そろりと後退《あとずさ》りする。

「わ、吾輩、食べるのは大好きだけど食べられるのは門外漢《もんがいかん》ゆえ。これにて失礼するですにゃ！」

弾かれたように駆け出して、おもちさんは青年から一目散に逃げた。そして僕を見つけるなり突進してきて、即座に僕の脚の後ろに隠れた。

青年はあははっと仰《の》け反《ぞ》って笑う。

「冗談、冗談。生では食べないよ、生では、ね」

海と陸の境界線、防波堤に凭《もた》れて佇《たたず》む彼は、サメのような牙を見え隠れさせていた。


そんなことがあった日の三日後、次の当直日の朝。ひつじ雲が空を覆っている。

立番《たちばん》をしていると、停めてある自転車のカゴに鳩がとまった。珍しいところに着地したなと思ったら、くちばしに封筒を咥えている。

「あっ、郵便屋さんだ」

以前おもちさんが教えてくれた、鳩郵便である。僕の声を聞きつけて、おもちさんも歩み寄ってきた。

「小槇くん宛にお手紙が来たですにゃ。良かったですにゃあ」

「僕に届いたんだ。鳩さん、ありがとう」

手を差し出すと、鳩は手のひらに封筒をふたつ落とした。

二通とも、差出人名も宛名も書かれていない。おもちさんに届いた葉っぱのときと同じだ。あの日、僕も駐在さんに鳩郵便を出した。あれが届いて、返事が来たのかもしれない。

鳩が自転車のカゴから僕を見ている。僕はふたつある封筒のうち片方を、そっと開けた。手紙らしきものは見えない。からっぽなのかと思ったが、よくよく見たら花の種らしき小さな粒が入っていた。慎重に取り出してみると、種からはふんわりとした冠毛《かんもう》が伸びている。

「なんだ？　たんぽぽの綿毛？」

もう一方の封筒も開けてみる。こちらには、三センチ程度の乾いた枯れ草が入っていた。

「んん？　なんだなんだ？」

「交番の前に咲いてた、たんぽぽさんですにゃ。もうひとつは、ここから巣立ったツバメさん」

おもちさんが耳をぴくぴくさせた。

「小槙くんが鳩郵便を使いはじめたと知って、彼らも便りを送ってくれたのですにゃ」

「わあ、そんなこともあるんですね」

毎年春になると交番の前にたんぽぽが咲く。今はもう綿毛になって飛んでしまったが、その種がまだあったのか、僕の手元に届いた。

そしてたんぽぽが咲いていた頃、交番の軒下《のきした》にツバメが巣を作っていた。今月の半ばに、今年生まれの若い鳥が巣立ったのを見送っている。そろそろ、ツバメの渡りの時期だ。お別れの挨拶に巣材を分けてくれた、といったところだろうか。いや、「鳩郵便はいつ届くか分からない」とおもちさんが言っていたし、時差があるようだからそうとも限らないけれど。

駐在さんからの返事ではなかったが、意外な差出人からの便りがあった。どうやって封筒に入れたのだろうとか、おもちさんはなぜ、これが交番のたんぽぽと今年のツバメからだと分かったのだろうとか、不思議なことはたくさんある。でも今は、それはさておき嬉しい。

僕はツバメの枯れ草を摘んで、ふと、懐かしい顔を思い浮かべた。小鳥から郵便が届くなら、もしかしたら、あの子とも連絡を取れるだろうか。

「おもちさん、鳩郵便って、もうこの世にいない相手にも出せるんですか？」

「それは無理ですにゃ。手紙というのは、どこかで生きているから受け取れるもの。伝えられるうちに伝えないと、あとから後悔するですにゃ」

それもそうだ。諦めようとした矢先、おもちさんが付け足す。

「でも、鳩郵便はたまに、未来から届くときがあるですにゃ。だからもういない子でも、その子が生きていた時間に届けば、もしかしたらですにゃ」

「未来からも……ますます不思議だなあ」

僕は郵便屋さんの鳩に向き直った。自転車のカゴで寛いで、のんびり目を閉じている。次に郵便屋さんに会うときまでに、粟《あわ》の穂を買っておこう。実家で一緒に暮らしていた文鳥が好きだったおやつだ。ちぎって封筒に入れて、元気に暮らしていた頃の彼に送る。届かなかったとしても、そのときは郵便屋さんに食べてもらおう。

背後でカラリと、交番の引き戸が開いた。中から柴崎さんが顔を出す。

「なにしてるんです？」

「柴崎さん、いいところに。柴崎さんも鳩郵便、出してみませんか？」

僕は鳩を柴崎さんに紹介した。

「この鳩に手紙を渡すと、届けてくれるんですよ。僕にもさっき、たんぽぽとツバメから届きました」

「頭でもぶつけました?」

当たり前だが、柴崎さんは全然信じてくれなかった。聞いてもらえない僕の代わりに、おもちさんが説明する。

「本当ですにゃ。宛先を書かなくても、人間じゃなくても、鳩さんが届けてくれるですにゃ。でも届かなくても文句言いっこなしですにゃ」

信じられないような不思議な現象でも、自身も不思議な存在であるおもちさんが言うと、真実味がある。柴崎さんはまだ訝《いぶか》しげな顔をして、屈《かが》んで鳩を覗き込んだ。

「訳が分からない……。小槇くん、なんでこんな意味不明なものをすんなり納得して使ってるの……」

言われてみれば、最近こういう変なものを、疑問に思っても受け入れられるようになってきた。喋る猫が馴染んでいる、この町の空気に晒されてきたからかもしれない。そしてそれは、柴崎さんも同じくである。

「小槇くんからも、送ったんですか?」

「はい。返事は来てないから、届いたかは謎ですが」

「ふうん」

鳩をじーっと眺めて、柴崎さんが鼻を鳴らす。興味がないわけではない、といった反応である。僕は嬉しくなって彼女の背中を押した。

「伝えたい気持ちがある相手なら、名前も住所も、分からなくても大丈夫なんですよ」

「なんでそれで届くの……。全然分からない。分からないけど」

思い浮かべた顔があったのだろう。柴崎さんは、屈んでいた背すじを伸ばした。

「試してみたい気持ちは、あります。今から書いてくるので、鳩がいなくならないように見ててください」

「はーい」

誰に出すのかは、訊かない。なんとなく想像はつくけれど、触れないでおいた。

ただ、柴崎さんがおもちさんのお腹に描いたハート印が、届いたらいいなと思うのだ。

白うねりのうどんちゃん

「ただいま戻りまし……うっ！」

事故の現場検証から交番に帰ってきた僕は、咄嗟に鼻と口を手で覆った。事務室に異臭が立ち込めている。

「なんのにおいですか、笹倉さん」

「おお、驚かせたな。悪い悪い」

こちらを振り向いた上司、笹倉さんは、マスクを二枚重ねにして装備していた。

笹倉さんは、最年長で在籍年数も長いかつぶし交番のボスである。いや、年齢もいる期間もおもちさんの方が数十倍上だが、おもちさんを除けば笹倉さんがいちばんだ。

彼は今、事務室の壁に沿って置かれたキャビネットの前で、背中で手を組んで立っている。

「小槇が臨場《りんじょう》してる間に、ちょっくら届け物を受け取ってな」

室内に妙なにおいが漂っている。黴《か》びた雑巾で腐った牛乳を拭いて数日放置したら、こんなにおいになるのではないか……試したことはないけれど、そんな想像をしてしまう悪臭である。

「一体なにが届いたらこんなにおいになるんですか？」

「お前、蛇《へび》は平気か？」

「蛇ですか？　特に、すごく苦手ってわけじゃないです」

無意識に息を止めてしまって鼻声になる。笹倉さんは、のそりと一歩横にずれた。

すると、キャビネットの上に置かれていた、虫かごらしきプラスチックのケージが目に入った。中には、とぐろを巻いた白い蛇と思《おぼ》しき姿がある。笹倉さんはそちらを横目に言った。

「こいつが民家の物干《ものほ》し竿《ざお》に絡《から》まってたらしくてな。野生というよりペットの可能性が高いから、届けられてきた」

「へえ。毒のある蛇じゃないなら触ってみたいかも」

蛇と異臭とどう関係があるのか分からないが、僕はひとまず、キャビネットのケージに近づいた。

その途端、中の蛇がケージの蓋《ふた》を押し開けて、飛び出してきた。

「プキュー！」

「わあっ！」

半歩飛び退く僕の方へ、蛇が勢いよく飛んでくる。にゅるにゅると体をうねらせて、空中を突進してくるのだ。

五十センチ程度の、やや黄みがかった白い蛇だ。遠目に見ると真珠のような艶を帯びて見えるが、近くなるとなにやらぬめぬめとテカっているのが見て取れる。背中にはたてがみのようなものが生えていて、目は琥珀色《こはくいろ》。細長い体には、小さい指が並んだ手足が生えている。僕の知っている蛇と違う。

立ち竦んでいる隙に、蛇はあっという間に、僕の肩に着地した。細長い顔ですりすりと、僕に頬ずりしてくる。立ち込めていた悪臭が、ダイレクトに鼻孔《びこう》を襲った。

「ぐっ！」

呻《うめ》く僕を、笹倉さんがマスクの上に手を重ねて観察している。

「このケージじゃ、自力で蓋を開けちまうな。にしても小槇、懐かれてるなあ。その至近距離じゃ臭くて気を失いそうだろ」

蛇が顔を擦りつけてきた僕の頬は、ねっとりとした粘液に塗《まみ》れている。この蛇こそが、悪臭の根源だった。

「なんですか、これ！」

「だから、蛇だって」

笹倉さんは助けてくれず、距離を取って見守っている。

「蛇って……これ、蛇ですか!?」

僕は蛇を鷲掴《わしづか》みにして、自分の肩から引き離した。

「飛んだし、毛があるし、手足もありますよ」

蛇は僕の手に抱っこされるような格好で、キューと鳴きながらぶら下がっている。蛇をまじまじと見る機会はあまりなかったが、これは少なくとも、僕が蛇と聞いて想像する蛇ではない。

笹倉さんは、あっけらかんとして言った。

「そういう蛇もいるんじゃやねえか？」

「います!?　でも、蛇って飛ばないと思いますし、全身鱗《うろこ》に覆われていて、手足がないのが特徴の生き物じゃ？」

「けど、こういうニョロニョロした生き物でこのサイズっつうと、蛇じゃないならなんなんだよ」

「蛇じゃないなら……」

僕は改めて、掴んでいる生き物に向き直った。触った感じは、イタチみたいな、獣の類に近い感触である。鳴き声も、僕が思っている蛇の声とは違う。顔はワニに近い形ながら、つぶらな瞳の愛嬌《あいきょう》はさながら犬のようである。よく見たら小さな耳と短い角もある。

これは蛇というより、ドラゴンでは……。

しかしドラゴンはドラゴンで、伝説上の生物である。それがここにいるというのは、蛇より信じがたい。

「蛇……かな……」

とうとう僕は、笹倉さんの説を受け入れた。納得はしきれていないが、ひとまず、蛇ということにした。

「蛇ってこんなに臭いんですね。知りませんでした」

「いいや、そいつが特別臭いだけだ。こんなのが物干し竿にぶらさがってたら堪《たま》んねえよな」

たしかに、これが外を自由に動き回っていたら異臭騒ぎになる。

僕は腕を突き出して、蛇を高く掲げた。「高い高い」してもらった赤ちゃんみたいに、蛇はキュッキュと鳴いて喜んでいる。

「うーん、すごく臭いけどかわいいですね」

「そうだな。人懐っこくて甘えん坊で、かわいいんだよ。でも致命的に臭いから、あまり寄ってこないでほしい」

笹倉さんは辛辣《しんらつ》なコメントをして、ゴム手袋を嵌めた。

「こんなに人馴れしてるんだから、野生じゃなくてペットなんだろうけどよ。今までどこで、どんな人に飼われてたんだろうな」

手袋をした手で、笹倉さんが僕から蛇を受け取る。笹倉さんにもよく懐いているようで、蛇はキューキュー鳴いて笹倉さんに短い手を伸ばしている。笹倉さんが蛇をケージに戻すと、蛇はケージの中で、ふわふわと泳ぐようにうごめいて「出たい」とアピールした。

僕はティッシュを数枚取って、顔に塗られた粘液を拭った。この蛇は小動物的なかわいさと、強烈なにおいと嫌な粘液とを持ち合わせている。臭いけどかわいい、かわいいけど臭い。おもちさんに続くニューフェイスとして町の人から愛されそうだけれど、臭いから難しいかもしれない。

そういえば、おもちさんの姿が見えない。

「おもちさん、いないですね。おもちさんはもう、この蛇とご対面したんですか？」

「一瞬だけな。でもすぐにハリセンボンみたいに膨らんで猛スピードで逃げてった」

笹倉さんがゴム手袋を外す。

「無理もないな。おもちさんは猫だから、俺たち人間の何万倍も嗅覚が優れてる。この蛇のにおいには耐えられないだろ」

「そうでしたね。人間でもこんなに……」

ティッシュで拭っても、まだ顔や肩がぬるぬるしている気がする。しっかり水で洗い流したい。笹倉さんは、キャビネットの上のケージに目をやった。

「まあ、これからすぐに署に引き渡すから。このにおいはそれまでの辛抱だ」

それから一週間後。僕はマスクの中でため息をついた。

「署に引き渡すまでの辛抱って、言ってたのに……」

蛇は現在も、事務室を飛び回っている。キューッと元気に鳴いては、悪気なくこちらに突撃してきて、人の顔を粘液でベタベタにする。マスクを着けていても、気休め程度にしかにおいを防げない。


蛇を顔に巻きつけて嘆く僕を、笹倉さんが哀れみの目で一瞥した。

「仕方ねえだろ、どこも預かれないし、署だって充分なスペースがないし」

「臭いからって、僕らに押し付けられてるんじゃないですよね？」

「居場所がなくてかわいそうになあ。こんなにかわいいのに。な、うどんちゃん」

僕も柴崎さんも知らないうちに、蛇には「うどんちゃん」という名前が付けられていた。白くて細長いから、うどんなのだそうだ。名付け親の笹倉さんが指を差し出すと、うどんちゃんは僕に巻き付いたまま、笹倉さんの指を甘噛《あまが》みした。

保護されたペットは、拾得物という扱いになって一時的に警察署に連れて行かれる。それから保健所に移送され、そこで管理される。この蛇、うどんちゃんも、途中までは通例どおりだった。

しかし保健所にいた他の動物たちがにおいにやられて軒並《のきな》み体調不良を起こし、職員も数名倒れたため、別の施設を探すことになった。あちこち当たっても生憎《あいにく》どこも都合がつかず、たらい回しである。

そうしてようやく、爬虫類《はちゅうるい》の取り扱いに詳《くわ》しい業者が預かってくれると決まった。しかしここも現状では折り合いがつかなくて、すぐには引き取りに来られないという。

ここまでうどんちゃんは署にいたが、その間、居合わせた警察犬が気絶してしまい、保健所同様に署の内勤の職員たちも体調を崩し、免許の更新に来た人からクレームが入った。

やがて署で預かっても充分な世話ができないと判断され、うどんちゃんはどういうわけか、この交番に帰ってきた。交番で飼うのも無理がある、と僕ら三人はお互いの自宅に連れ帰るよう話し合った。だが、笹倉さんと柴崎さんの家には家族がいるし、僕は寮住まいだ。そんなわけで全員で交代で世話をする流れになり、うどんちゃんは結局、交番に居を構えている。

ケージ周辺に消臭剤が日に日に増える。業務用サイズをふたつ設置して、ようやくちょっとましになった。

「業者が引き取りに来られないまま、もう一週間ですよ。本来の飼い主も見つかりません し」

僕は顔に巻き付いたうどんちゃんを引き剥がした。これも遊びだと思っているのか、うどんちゃんは嬉しそうに何度でも絡みついてくる。

気の毒なのは、おもちさんである。

「おもちさん、全然帰ってきませんね」

「そうだな。うどんちゃんが来たのが一週間前だから、おもちさんの姿を見なくなって、そんなに経つか」

笹倉さんが眉を寄せる。

うどんちゃんが来て以来、おもちさんは姿を消した。といっても、町の人に聞けば毎日誰かが見かけているので、交番に戻ってきていないだけでかつぶし町にはいる。かわいそうに、うどんちゃんがいると交番に入れないのである。おもちさんの方が先輩なのに、追い出されてしまった形だ。

事務室に設置してあった餌入れや爪研ぎ、猫ちぐらは、別室に避難させた。すでににおいがついてしまって、使ってくれないかもしれない。

僕はうどんちゃんが絡んだ腕を半端な高さに浮かせた。

「うどんちゃんに悪気はないけど、おもちさんからしたら面白くないでしょうね」

「ははは。どっかで怒ってるかもな」

おもちさんは交番で飼っているわけではないので、ここ以外にも寝床はある。それに町の人たちからかわいがられているので、食べ物にも困らない。けれど、自分の縄張りを奪われたのに変わりはない。

　僕らも、こんなに長いことおもちさんがいないのは、初めてだった。心配ないのは分かっていても、ちょっとだけ寂しい。

「プヤー」

　うどんちゃんが欠伸をして、僕の腕でうとうとしはじめた。この子は人が大好きで、警戒心がない。臭くても許せてしまう愛嬌がある。

　うどんちゃんは相変わらず宙を飛ぶし、調べてもなんという種類の蛇なのか分からない。柴崎さんと僕とで「そもそもこれは蛇なのか」と議論した日もあったが、「上司である笹倉さんが蛇と言ったら蛇」という結論に至った。

　今のところ、悪臭と粘液を放つものの有毒ではないとだけ判明している。ということで、素人の僕らが、ここで手探りで世話をする。においには全然慣れないが、臭すぎて眠れないおかげで夜勤中も目が冴えるのは思わぬ収穫だった。

　当直の夜を終え、笹倉さんに仕事を引き継ぐ。笹倉さんは業務の引き継ぎついでに、うどんちゃんの飼育についても情報共有を求めた。

「昨日一日、うどんちゃんはなんか食べたか？」

「いえ、全くです。一応、水は飲んでるのかな」

気がかりなのが、それだった。うどんちゃんは、餌を食べないのだ。笹倉さんが唸る。

「参ったな。これまでたまごや鶏肉、魚、貝と手当たり次第与えてみたけど、うどんちゃんはどれも口をつけない」

「あと考えられるのは、虫か、カエル、ネズミとかでしょうか。捕まえるの難しいですし、ペットショップで餌として売ってるんでしょうか」

蛇は肉食の生き物であり、鳥のたまごや小動物なんかを食べる。ただし、陸地の草むらで暮らす蛇もいれば、水辺、木の上に棲むものもいて、それらは獲れる餌が違うぶん、各々《おのおの》食べるものが異なる。

うどんちゃんは、調べても種類を断定できない。だからなにを食べるのか、分からない。

「ちょっと調べてみたんですが、蛇って、すごく偏食《へんしょく》な種類もいるそうです。当てずっぽうだと埒《らち》が明きませんね」

僕は腕で寝そべるうどんちゃんの頭を撫でた。ぬるぬるして気持ち悪いが、うどんちゃんの方は心地よさそうに顔を擦り寄せてくる。餌を食べていなくても元気そうではあるが、このままではいつかは弱ってしまう。

唯一、器に水を汲《く》んでケージに入れておくと、それに顔をつけてパシャパシャする。飲んでいるというより、顔を洗っているように見えなくもない。

僕はひとつ思い出して、付け足した。

「そうだ、昨日お茶を淹れようとしたら、うどんちゃんが給湯室までついてきて、ポットに擦り寄ってました。そのあと、湯のみを洗ってたらまた来て、蛇口から出てる水に突っ込んできました」

「ああ、そういや柴崎も、コーヒーを作ってるとうどんちゃんがポットのお湯に頭を突っ込んでくるって言ってた」

笹倉さんは顎《あご》を撫で、眠たそうなうどんちゃんに顔を近づけた。

「空中を移動するから、高いところに住む樹上の蛇だと考えてたが……どうも、水を好む性質があるみたいだな。餌は魚中心に、いろんな種類を与えてみるか」

笹倉さんの声を聞いてか、うどんちゃんがぱちりと目を開けた。そういえば蛇には普通、瞼はないらしい。

「水辺どころか、水中に棲む蛇もいる。陸と水中、両方で暮らせる奴とかも」

「そうなんですか？　詳しいですね」

「いや、お前さんと同じで調べたんだよ。暇なときに片手間に、だけど。ただでさえ蛇なんぞ飼ったことないのに、うどんちゃんは蛇の中ではイレギュラーな蛇だ。調べないとなんも分からん」

笹倉さんは、うどんちゃんを結構気に入っている。臭い臭いと言いつつも、うどんちゃんをよく観察して、うどんちゃんがなにを求めているのか、真剣に考えている。

思えば笹倉さんは、僕が落ち込んでいたときに、休息が必要だと提案してくれたことがあった。のんべんだらりな雰囲気をまとっていながら、実は相手としっかり向き合う人であり、そして面倒見が良い。

その後うどんちゃんをケージに押し込み、僕は午前中の仕事にひと区切りつけた。外の空気を吸いに、表へ出る。当直明けの空が眩しい。うどんちゃんのおかげで仮眠を取っていないが、こうなると逆に眠気が消える。

肺の中の空気を入れ替え、もう一度事務室に戻ろうとして、僕ははたと気がついた。脇の道路に、おもちさんがいる。道の端っこに座って、こちらを見ていた。僕は建物の前から声をかけた。

「おはようございます、おもちさん。久しぶりですね。お腹すいてませんか?」

「町の人たちから、おやつ貰えるですにゃ」

おもちさんも、そこから動かずに答えた。ほんの一週間会わなかっただけなのに、この声が妙に懐かしく感じる。

うどんちゃんがいる限り、おもちさんは交番に戻ってこられない。だというのに、うどんちゃんを預かってくれる業者は、引き取りに来るまでまだかかりそうである。

だけれど、業者の都合がつくより先に飼い主が見つかれば、すぐにでも引き渡せる。そうすればおもちさんは縄張りを取り戻せるし、僕らも悪臭から解放される。

「おもちさん、ちょっとだけ、ほんのちょっとだけでいいので、うどんちゃんとお喋りしてくれませんか？」

「うどんちゃん。あの白い蛇のことですにゃ？」

「そうです。うどんちゃんの飼い主が誰なのか、おもちさんなら、うどんちゃんに直接訊いてくれるでしょ？」

　人と会話ができ、人以外とも会話ができるおもちさんなら、うどんちゃんともコミュニケーションを取れるはず。直接話ができれば、飼い主が判明するかもしれない。

　しかしおもちさんは、きゅっと顔の真ん中に皺を寄せた。

「嫌ですにゃ。臭いですにゃ」

　露骨《ろこつ》に嫌そうな顔をしている。今いる場所から交番の方へ、近寄ろうともしない。そうだろうとは思った。僕はめげずに懇願《こんがん》を続ける。

「ちょっとだけ。ちょっとヒントを聞いてくれるだけでいいんです」

　おもちさんは渋面《じゅうめん》を俯けてしまった。僕はおもちさんの狭い額《ひたい》を見つめ、ぽつりと言った。

「せめて、なにを食べたいか、聞いてあげてくれませんか」

「む？　なに食べたいか、ですにゃ？」

　おもちさんがちらっとだけ目を上げる。今度は僕が下を向いた。

「はい。うどんちゃんは、なにを食べるのか分からないんです。なんて種類の蛇なのか調べても謎で……そもそも正直、蛇じゃない気がするし……」

専門家に引き渡す前に、そして飼い主が見つかる前に、うどんちゃんが飢えて弱ってしまったらと思うと、胸が痛かった。うどんちゃんがここにいる以上は、管理責任は僕らにある。うどんちゃんが無事に飼い主のもとへ帰るまで、元気に過ごせるよう、正しい餌を与えたいのだ。

真剣に思い悩む僕を見て、おもちさんは首を傾げた。

「ヘンテコなこと気にしてるですにゃ。うどんちゃんは、ごはん食べないですにゃ」

「へ？」

僕は顔を上げ、おもちさんと目を合わせた。

「食べない？　餌を食べない蛇なんているんですか？」

「うどんちゃん、蛇じゃないですにゃ」

「やっぱり！　おかしいと思ったんですよ。飛んで毛があって足があって、角がある蛇なんて」

ようやく断言してくれる人、否、猫が現れた。

「それで、蛇じゃないならなんて生き物なんですか？　どうしておもちさんは、それを知ってるんですか？」

僕が畳《たた》み掛《か》けて質問したのがいけなかった。おもちさんは面倒くさくなってしまったらしく、トコトコ歩き出す。

「吾輩、お腹すいたですにゃ。朝ごはん貰いに行ってくるですにゃー」

「あっ、待ってください！　まだ話の途中ですよ」

追いかけようと一歩踏み出したら、おもちさんは振り返って毛を逆立てた。

「こっち来るなですにゃ！　小槙くん、うどんちゃんのにおいが染み付いてるですにゃ」

気になっていたことをはっきり言われ、僕は数秒絶句した。思わず自分の腕の匂いを嗅ぐ。

「僕、臭い？　粘液はこまめに洗ってるのに……」

「吾輩の嗅覚は誤魔化《ごまか》せないですにゃ。人間でも、鋭い人なら分かるかもですにゃ」

これにはぐっさり傷ついた。ここ数日、おもちさんが交番に戻ってこないどころか会いにすら来てくれなかった理由は、これだったのだ。

町の人からも臭いと思われていたのだろうか。おもちさんの言い方を鑑《かんが》みると、嗅覚のそれほど強くない人なら感じない程度のようだが、自分で自分の匂いは分からないから不安である。

ずーんと落ち込む僕を、おもちさんは離れた場所からしばらく顧みていた。やがてその姿勢のまま、言う。

「小槇くん。この世にはたまに、本来あるはずないところに、間違って魂《たましい》が宿ることがあるですにゃ」

なんの話だろう。僕は少し頭を擡げて、おもちさんの声に耳を傾けた。

「長い年月ずーっと放っとかれているものには、特に。それは一見生きているように見えるけれど、本当の姿に戻りたくてもがいてるだけなのですにゃ。解放されるためには、想いを遂《と》げなくてはならない。助けてほしくて、訴えてるですにゃ」

朝の風が植木の葉を擽《くすぐ》る。さわさわと心地よい音の中、おもちさんは、眠そうに目を閉じた。

「小槇くんの言うとおり、吾輩ならうどんちゃんの言いたいこと、分かるですにゃ。でも、小槇くんでも笹倉くんでも、うどんちゃんの気持ちを考えてたら、自《おの》ずと見えてくるですにゃ」

おもちさんはそう言い残すと、僕に焼き目模様の背中を向けて、商店街の方へと立ち去っていった。僕はおもちさんの後ろ姿を見送りながら、呟いた。

「うどんちゃんの気持ちを考えてたら、か」

うどんちゃんの観察をする、笹倉さんを思い浮かべる。どうしたいのか、どうしてほしいのか、うどんちゃんは行動で伝えてくる。

クレヨンで描かれた絵の手紙、鳩が運んでくる綿毛や枯れ草。言葉は大切で便利だけれど、時として言葉より響いてくるものもある。

うどんちゃんの気持ちを知るのに楽をしようとしておもちさんに甘えてみたけれど、きっとそんなことをしなくてもうどんちゃんは僕らになにかを教えてくれているのだ。おもちさんがああ言っているのなら、そうだろう。

僕は気を引き締めて、事務室に戻った。うどんちゃんはまたケージから脱走しており、仕事をしている笹倉さんに纏《まと》わりついている。デスクに置かれた熱いお茶に顔を近づけて、笹倉さんの手に払いのけられていた。

「やめろ、零れる。熱いから危ねえぞ。あと、お茶が臭くなる」

うどんちゃんは、水があるところに近づいてくる。それで先程笹倉さんは、水辺に棲む蛇なのかもしれないと考えていた。そこで僕は、ひとつ提案してみた。

「あの、笹倉さん。うどんちゃんを、水浴びさせてみませんか？」

「水浴び？　蛇って水浴びするのか？」

笹倉さんが意外そうに繰り返す。うどんちゃんも、笹倉さんの肩で首を傾げている。僕は頷き、笹倉さんとうどんちゃんの方へ歩み寄った。

「さっき『水中に棲む蛇』の話があったので、思いつきました。うどんちゃんは水の容器で顔を洗うし、思いっきり水に浸かりたいのかなと」

「ほお。蛇って脱皮して生まれ変わるイメージがあったから、風呂に入るとは考えなかったな」

笹倉さんとうどんちゃんが顔を見合わせた。

「この最悪なにおいも、水で流せるかもしれない」

「顔や手に付いた粘液、水で洗えば落ちますもんね。けど、この粘液もうどんちゃんにとっては落としちゃいけないものかも」

「そうだな。生き物の分泌液は、大抵、体を健康に保つために必要なものだ。これが剥がれると乾燥して死ぬなんてこともあり得る」

「うどんちゃんが嫌がるようならやめましょう」

そうと決まれば実行である。僕は給湯室に向かい、戸棚から桶《おけ》を取り出した。おもちさんが泥だらけで帰ってきたときなんかに、お風呂として使っている桶だ。桶の中にぬるま湯を溜めていると、早速うどんちゃんがふよふよと漂ってきた。溜まっていく水に近づいては、キューーッと鳴いて僕の周りを飛び回る。

ワンテンポ遅れて笹倉さんも給湯室にやってきた。のんびりした所作でタオルの支度をして、風呂上がりのうどんちゃんを迎える準備を整えている。

「そうだ、ケージも洗おう。折角うどんちゃんがきれいになっても、ケージの中がベタベタだったらまた汚れます」

ひらめいた僕は、桶をしまっていた戸棚をもう一度開けた。

「ケージを洗うのに使える洗剤、あったかな。これは食器用だし、これは洗濯用だし……」

　奥まで探すために、邪魔な洗剤を取り出し、シンクの脇に置いておく。ひらりひらりと宙を泳ぐうどんちゃんは、並んだ洗剤の隙間をすり抜けて遊んでいる。

　と、そのときだった。うどんちゃんが洗濯用の粉洗剤の箱に、体当りした。

「あっ！」

　僕が気づいたときにはもう遅かった。箱ごとひっくり返った洗剤は、桶に溜めたぬるま湯に真っ逆さまだった。みるみるうちに粉が水を吸っていく。生き物の水浴びに洗剤入りの水は使えない。笹倉さんが呆れ顔でこちらを振り向く。

「あーあー、なにやってんだ。小槙は鈍《どん》くさいし、うどんちゃんはやんちゃだし」

「すみません。笹倉さん、ちょっとうどんちゃんを取り押さえてもらってもいいですか？」

　僕が頼むと、笹倉さんは「ん」と短く返事をして、飛び回るうどんちゃんを捕まえようとした。しかしうどんちゃんはご機嫌なのか、いつもよりも素早く動いていて笹倉さんの手を躱す。

　ひゅんひゅん飛び回っていたうどんちゃんは、やがて自ら、粉の浮かぶ水面に突入した。

「うわあ！　うどんちゃん、こら！」

慌てて捕まえようとするも、うどんちゃんは桶の中でぐるぐる泳いで僕の手をすり抜けてしまう。しかもうどんちゃんが水を掻き回すおかげで、洗剤が泡立つ。捕まえようとして僕もバシャバシャするから、余計にだ。泡は桶から溢れるほどになり、うどんちゃんの姿はすっかりモコモコに呑み込まれてしまった。

泡の中を手探りして、僕はようやく、うどんちゃんの感触を掴んだ。

「捕まえた！」

飛沫《しぶき》を上げて、掴んだうどんちゃんごと腕を振り上げる。泡の中からずるっと、白くて細長いその姿が引っ張り出された。

そして僕と笹倉さんは、目を疑った。

「……へ？」

僕の手が握りしめていたのは、あの無邪気な蛇ではない。ただの白いボロキレだった。こんな布は、水を汲みはじめたときにはなかった。

「なにこれ……うどんちゃんは？」

僕はボロキレをシンクの端に置き、再び桶の泡風呂に手を突っ込んだ。探ってみても、ただ水が指の間をすり抜けるだけ。桶の中身を流してみても、うどんちゃんはどこにもいなかった。

「なんで……？」

僕は濡れそぼったボロキレを手に取った。

うどんちゃんは、水に濡れると溶けてしまう生き物だったのか。それとも洗剤がいけなかったのか。このボロキレはなんだろう、どこから出てきたのだろう。

なにもかもがさっぱりだけれど、もう、鳴き声は聞こえない。それはたしかな事実だ。

室内が静まり返っている。つい先程まで鬱陶しいくらい元気に飛び回っていたうどんちゃんは、忽然《こつぜん》と消えてしまった。

背後を見ると、笹倉さんも僕と同じ唖然とした顔で立ち尽くしていた。ボロキレをぶら下げた僕の指に、きゅっと、力が入る。

「知らなかった。洗っちゃだめだったんだ。どうしよう」

僕は堪らず、笹倉さんに頭を下げた。

「すみませんでした。僕が水浴びさせようなんて言ったから」

笹倉さんは、うどんちゃんをかわいがっていた。あんなに甘えん坊で人懐っこい、かわいいうどんちゃんが、僕のせいで……。

笹倉さんは、案外平静な声で言った。

「いや、俺だって賛成した」

シンクの銀色の上を、泡がゆっくり這っている。

「臭いのがいなくなって、一件落着だな」

笹倉さんはそう言い残すと、給湯室から出ていった。

室内に渦巻いていた悪臭が、洗剤の爽やかな匂いに打ち消されて薄れかけている。僕は濡れたボロキレを顔の高さに掲げた。

穴が開いて細長くよれた、雑巾らしき布切れだ。もとは真っ白だったのだろうが、随分使い古されて黄ばんでいる。強く擦られてか、かなり傷んでおり、ところどころ毛羽立っていた。

カラリと、窓が開く音がした。見ると、外からおもちさんが顔を覗かせている。

「小槇くん。ここに保管してあった猫用チキンがあるですにゃ。食べるですにゃ」

つい先程まで寄っても来なかったくせに、いきなりおやつをねだりに来た。感傷《かんしょう》に浸っていた僕は、頭だけ覗くおもちさんの顔を見て、少し気持ちが落ち着いた。

「窓を開けると、うどんちゃんが逃げ……」

途中まで言いかけて、僕は口を閉ざした。おもちさんが戻ってくる程度には、もう、においは消えているのだ。においの根源がいなくなってしまった証《あかし》だ。

俯いてボロキレを見つめていると、窓から覗くおもちさんの顔が、こてんと傾いた。

「またヘンテコなこと気にしてるですにゃ。うどんちゃんは、それに戻っただけですにゃ」

「戻った?」

目をぱちくりさせる僕に、おもちさんが頷く。

「小槇くんは勘違いしてるようだけど、うどんちゃんは蛇じゃないどころか、そもそも生き物じゃないですにゃ。生き物じゃないから、死んじゃうこともないですにゃ」

「えっ、どういうことですか？」

「吾輩はチキンを食べに来たですにゃ」

話の腰を折られ、僕は素直に、格納していたおもちさんのおやつを取り出した。食べたら話してくれるかと思ったのだが、開封と同時におやつを咥え、おもちさんは窓から引っ込んだ。トコトコと去っていく後ろ姿に、僕は窓から呼びかける。

「おもちさん、おーい」

「交番、まだ臭いですにゃー。もうちょいにおいが飛んだら帰るですにゃ」

なんてマイペースな猫だ。猫だから仕方ないか。立ち去るおもちさんを見送っていると、給湯室の入口から笹倉さんが顔を出した。

「なにしてる小槇。いつまでその汚《きたね》え布垂らしてんだ」

凹《へこ》んでいた僕とは違って、笹倉さんはけろっとしている。

「なにしみったれた顔してんだ、やっと悪臭から解放されたんだぞ。そろそろ柴崎がキレそうだったが、これでひと安心だ。あ、そうだ、引き取りに来る予定だった業者には連絡しておいた」

悲しみを堪《こら》えているのかと思ったが、そうでもなさそうだ。むしろ晴々して見える。

「ショックじゃないんですか？」

困惑している僕を見て、笹倉さんはきょとんとした。

「ショック？　そうだな、あんな消え方すると思わなかったから衝撃的ではあった。そういう蛇もいるんだな」

「えっと、あの……」

「でもほら、猫が喋るんだぞ？　蛇がボロキレになったくらいで驚きを引きずってられるかよ」

笹倉さんは、うどんちゃんが泡になってしまっても「そういう蛇」で済ませてしまった。笹倉さんはこういうところがある人なのは知っているが、僕はまだ納得できていない。

「そうじゃなくて。うどんちゃん、いなくなっちゃったんですよ？」

「片手間にでも調べてたから、こうなるかもしれないとは考えてた。どうしたらそうなるか、分からなかっただけで」

壁に凭れて、彼は腕を組んだ。

「まさか、『洗濯してほしい』って言ってたとはなあ」

この世にはたまに、本来あるはずのないところに、間違って魂が宿ることがあるらしい。長い年月ずっと放っとかれているものには、特に。

それは一見生きているように見えるけれど、本当の姿に戻りたくてもがいているだけ。助けてほしくて、訴えている。

笹倉さんは、そういう存在がいるのを分かっていた。

「言われてみれば、水に近づいたり洗濯物に擬態《ぎたい》したり、洗ってほしそうだった。俺は気づいてやれなかったけど、よく分かったな、小槇」

笹倉さんがぽんと、僕の肩を叩く。

なにかを訴えるために、古いボロキレに間違って宿った魂。囚《とら》われていた魂は、願いを叶えて、ボロキレから解き放たれた。

「これで良かったんだ」

笹倉さんはそう言って僕から手を離すと、さっさと事務室へ向かっていった。

「さしずめかわいいうどんちゃんがいなくなって寂しいんだろうけど、代わりにおもちさんが帰ってくるから我慢しろ。さ、室内の消臭するぞ。まずケージの片付けからだ」

これで良かった——笹倉さんのこの言葉は、僕にはまだすぐには呑み込めなかった。だが、うどんちゃんは元のボロキレに戻りたかったのだ。汚れが落ちることで、本当のうどんちゃんになれる。これがうどんちゃんが望んだ結果なら、祝福できる自分でありたい。

僕は、笹倉さんの渋い背中を追いかけた。

「笹倉さんも、本気で蛇だと信じていたわけではなかったんですね。それなのに蛇の餌を調べてたんですか?」

「そりゃお前、蛇の可能性も捨てきれないからだよ」

「やっぱり、飛んで毛が生えてて手足と角がある蛇なんていないと思います」

その後。完全ににおいが消えておもちさんが戻ってくるまでに、二日もかかった。

霊峰の守護者

平穏な土曜日の夕方。僕は交番の外で、窓拭き掃除を終えた。

「これでよし。潮で白くなっちゃうからな、マメに掃除しないと」

「小槇くんはお掃除が上手ですにゃ」

僕の足元で、おもちさんが妙に感心している。

この頃毎日、昨日より少し涼しい。残暑も落ち着いてきて、季節が移ろうのを肌で感じる。交番の植木の葉も、眩しい緑色から黄色っぽく優しい色に変わってきていた。

かつぶし交番から海の方面を見ると、その果てに山脈が見える。ひと際存在感のある高い山は、先日、初冠雪《はつかんせつ》を迎えた。淡い青の山肌と、山頂の白い雪のコントラストが美しい。

昔の人は、あの山には神様がいると信じていたらしい。堂々としていて且《か》つ神秘的な山の姿を見ていると、畏怖《いふ》を抱いた人々の気持ちが、なんとなく分かる。なにか荘厳《そうごん》なものが住んでいそう、霊力を放っていそうと、当時の人たちは考えたのだろう。

掃除用具を片付けて事務室に戻ると、おもちさんも僕についてきた。窓の曇りを拭き取ったおかげか、室内が明るい。僕はおもちさんの、背中の焼き目模様を見下ろした。

「ねえおもちさん、最近この辺に悪質な訪問販売業者がいるらしいんですが、なにか知ってます？」

訊ねてみると、おもちさんは顔を上げた。

「水の人ですにゃ？」

「そうです。山の主の水の人」

この頃、県内の各地に、「山の主のパワーを込めた健康水」と謳《うた》ってボトルに入った水を売り歩くセールスマンが出没している。住宅の玄関に上がり込み、商品の水を飲むと健康になれると語って売りつけるそうだ。そんな便利すぎる水があるはずないから、事実上、詐欺《さぎ》である。

残念ながら、騙されてしまうお年寄りや、何十分も玄関に居座り続けられて仕方なく買ってしまった人が続出している。警察への相談も相次《あいつ》ぎ、僕らも注意を払っているのだが、業者は器用に逃げ回っている。この厄介な業者のセールスマンが、かつぶし町にも現れはじめた。

僕は事務椅子に座って、報告されているこの件の書類を手に取った。

「困ってる人が増えてるので、どうにか手を打ちたいんです。おもちさんはよく町を散歩してますし、いろんな人と話して、情報貰ってないかなあ、と」

「話には聞いてるけど、なにか知ってるかと問われれば、小槇くん以上には知らないですにゃ。あんま興味ないですにゃ」

　おもちさんは事務椅子の横で毛づくろいを始めた。

「お客さんを騙してるなら、悪い奴ですにゃ。おまわりさん、このセールスマンを捕まえるですにゃ」

「そうしたいのは山々ですけど、上手くいかない事情がありまして……」

「山の主のパワーを込めた健康水」は単なる商品名、「健康になれる」の謳い文句には小さく「健康的な生活による」などと注意書き。騙すつもり満々の商品なのは間違いないのに、詐欺に当たらないスレスレのラインで商売をしているのだ。そして商品を買ってしまったら、消費者とセールスマンの間で交わした契約の問題になるため、警察にはどうにもできない場合が多い。

「この業者、玄関に居座りますが、住人が『警察を呼びますよ』って言うと出ていくそうです。居座るのが犯罪なの、分かっててやってるんですよ」

　住人が許可していないのに入ってくれれば、住居侵入罪や建造物侵入罪に当たる。許可して入れてしまったとしても、「帰ってほしい」と伝えて出ていかなければ不退去罪《ふたいきょざい》という罪になる。セールスマンはギリギリまで粘って居座るが、警察が介入しそうになると罪に問われる前に逃げるのだ。

「町の人が迷惑してるのになあ。僕らには、気をつけるように呼びかけるくらいしかできません」

この悪徳業者はどうしたら早くいなくなってくれるのだろう。商品を買う人がいなくなるまで、ここを荒らすのか。やるせなくなって、僕はため息をついた。

「こういうのって、一度は止んだとしても品物を変えて同じことをするかもしれないし、もしくは今度は別の場所で水を売りはじめるかもですよね」

なんらかの罪に引っかかって警察に捕まったら、反省してくれるのか。しかし、何度捕まっても何度も犯罪に手を染める人はいる。

「悪いことして儲《もう》ける輩《やから》は、どこまでいっても繰り返すですにゃ」

おもちさんが毛づくろいをやめた。

「一度痛い目にあわない限りは」

僕は思わず、体を強張らせた。普段どおりのおもちさんのまろい声なのに、なぜだかぞくっとさせられる気迫を感じる。

喋る猫、おもちさんは、一緒に過ごしていると見慣れてしまってなんとも感じなくなるが、時々ふと、得体のしれないものであると思い出す。以前、刑事課に勤める先輩から、おもちさんにまつわる奇妙な話を聞いた。おもちさんに危害を加えた人間が大怪我をしたとか、おもちさんに見つめられた被疑者《ひぎしゃ》が怯えた目をして容疑を認めたとか、そんな話だ。

どこまで本当なのかは曖昧だが、仮にそういう力があってもおかしくない存在ではある。

底知れない相手を敵に回すと、「痛い目にあう」のだ。

そこへ、電話が鳴った。僕は我に返って受話器を取る。

「はい、かつぶし交番です」

「おまわりさん、助けて。うちにしつこい訪問販売の人が来てて、もう一時間も玄関にいるんです」

通報者は、どうやら子供のようだ。幼さの残った女の子の声で、早口に告げてくる。まさにおもちさんと話していた、例のセールスマンが居座っているという。

「『帰って』って言っても帰らなくて、おばあちゃんが困ってる。今、他に大人がいないんです。どうしたらいいのか分かんなくて……交番の電話番号のメモを見つけたから、電話しました」

「すぐに行きますね。おうちのご住所は？」

対応させられているおばあちゃんの代わりに、孫が通報してくれたのだ。「警察を呼ぶ」と宣言されていないセールスマンは、通報されているとは知らずにまだそこにいる。

僕は交番におもちさんを残し、聞いた住所に駆けつけた。

住宅街の四丁目、伝えられていた家に到着する。扉越しでも、中から大声が漏《も》れて聞こえる。

「買わないって言ってるじゃないですか。もう帰ってください！」

「いやいや、実際に飲んでみてもらえれば良さが分かるんですって。山の主の聖なるパワーで、目覚めすっきりです。これ、今買わないともったいないですよ」

うんざりしているおばあさんの声と、やけに弾んだ男性の声だ。僕はインターホンを押して、名乗った。

「こんばんは、警察です」

「は、はい」

おばあさんが扉を開ける。玄関にはおばあさんとその孫と、スーツの男性がいた。玄関マットの上には、水のボトルがぎっしり入った箱が鎮座《ちんざ》している。スーツの男性、水のセールスマンは、僕を見るなり顔を引き攣《つ》らせた。

「警察？　通報？　困ったな、私はただの販売員なのに。法に触れるようなことは、一切してませんよ。警察を呼ばれる覚えはないですよ」

明らかに動揺して、彼はさっと水の箱を持ち上げた。僕は眉を寄せ、声を低める。

「出ていくよう促《うなが》しても出ていかないのは、法に触れていますよ」

「誤解ですよ。ちょうど今、お断りされて帰ろうとしたところです」

セールスマンは苦しい言い訳をして、開きっぱなしの扉から飛び出していった。引き止めて注意しようとしたが、セールスマンの逃げ足は速く、そんな余地を与えずいなくなった。

僕の後ろで、疲れた顔のおばあさんがお辞儀した。

「ありがとうね、おまわりさん。あのセールスマン、全然帰らなくて……」

「いえ、こういうときは遠慮なく一一〇番してくださいね」

これでひとまず追い払ったけれど、あの様子ではこんな程度では懲りない。日の沈みかけた空の下、僕は嘆息《たんそく》を漏らした。

おばあさんとその孫に挨拶をして、交番に戻る。その、道の途中。

「ホー……」

「ん？」

どこからか、聞き慣れない音がした。空洞の筒を吹いたような、風の唸り声のような音だった。耳を澄ませてみたが、同じ音は二回はしなかった。


その夜、当直の僕は事務室で書類仕事をしていた。夜の闇《やみ》に包まれて、町は静かに眠っている。今夜はやけに静かだ。虫の声すら聞こえない。時計の針が刻む定期的なリズムが、妙に大きく響いている。

深夜パトロールに出かけた時点では大きめの月が見えていたが、帰ってきた頃には雲に隠れてしまった。おかげで、月明かりが殆ど届いてこない。おもちさんは見当たらない。多分、休憩室で寝ているのだ。

仕事に区切りをつけて、僕は大きく伸びをした。椅子の背もたれに背中を押し付け、思い切りのけ反る。のけ反りついでに壁の時計を見上げる。時刻は深夜二時を回っていた。自然と、時計の斜め下の窓が視界に入る。そのとき初めて、僕は異変に気がついた。

窓の外が、赤と黒の二重の円に塗り替わっている。

「えっ」

背中を反らせた姿勢のまま、体も思考も固まった。

外側の円は、燃えるような紅葉色だ。円自体が窓より大きくて、外周が欠けて見えている。朱色に近い部分と紅が強い部分があり、そのグラデーションは夕焼けの海を思わせた。

そのくせ内側の黒い円の方は、一切色ムラがない。ブラックホールのような、吸い込まれそうな漆黒である。これが窓の真ん中あたりに、ぴたりと張り付いている。

なんだ、これは。

この窓は、海に続く道路に面している。そこに障害物はない。どちらにせよ今は真っ暗で外は見えない。ともかくこんなメラメラした色も、黒い円も、ないはずだ。

僕はしばらく思考も体も固まって、ただ呆然と窓を見ていた。磨《みが》かれたばかりの窓から覗くそれは、微動《びどう》だにしない。外からなにか張られているのだろうか。僕はようやく事務椅子から立ち上がり、懐中電灯を持って、外へ出た。月は、まだ雲の向こうに埋《う》もれている。

頼りない月明かりの代わりに、道路に等間隔で並ぶ街路灯が、辺りをぼんやりと照らしている。僕は交番の横、あの窓がある側の道路を覗き込む。

そこには、ずんぐりとした巨大ななにかが佇んでいた。街路灯に僅《わず》かに照らされ、シルエットだけが浮き出て見える。山なりに膨れた、もさもさした輪郭だ。少なくとも僕の身長の二倍くらいの高さがあり、幅も一車線の道路を埋めるほどである。それが道路を塞いで、交番の窓まで伸びている。

「なにこれ」

僕は押し殺した声を漏らした。なんだろう、これは。土の山？　建造物？　こんなものは昼にはなかった。深夜パトロールのときにも……いや、大きすぎて逆に気がつかなかっただけで、あったのだろうか。

心臓が早鐘を打つ。こんもりした影の上で、雲がじわじわ流れている。雲の隙間から月の光が僅かに漏れては、また隠れる。

木影だけでは、なにか分からない。僕はそろりと、懐中電灯を目の前の物体に向けた。木の皮のような色と模様が浮かび上がったが、そのふわっとした質感を見るに、褐色の羽毛だ。生き物、だろうか。そうだとしたら、こんな大きな生き物がいるだろうか。相手が大きすぎて、ちっぽけな懐中電灯の明かりでは全体を照らせない。僕は懐中電灯をゆっくり動かして、この巨体を一部ずつ確認しようとした。

その瞬間、窓に向かって垂れていた影が、ぬっと起き上がった。

「わっ！」

これまで動かなかったのに、突然動いた。影は起き上がると、交番の建物よりも大きい山になった。そしてそのてっぺんには、ぴんと立った二本の角らしきものが生えている。僕は右手で懐中電灯を握りしめ、左手で自分の胸を押さえた。心臓がばくばくいっている。

やはりどうも生き物のようだ。ならば今持ち上がったのは、頭か。顔を見ようと懐中電灯を掲げたが、上の方は高すぎて、光が届かない。それでも、だんだん暗闇に目が慣れてきて、相手の風貌《ふうぼう》がはっきりしてきた。

目の前の「なにか」が、鳴いた。

「ホー……」

雲が風に乗って変形していく。薄く広がって、伸びて、ちぎれて、やがて隠していた月を顕にした。

月明かりの下。その巨体は、もう一度、喉を膨らませた。

「ホオオー……」

だるま体型に、分厚い羽毛。鱗の生えた足指はどっしりと太く、鋭く尖った鉤爪《かぎづめ》が光る。紅葉色の虹彩《こうさい》と、真っ黒な瞳孔《どうこう》、顔の中心からやや下には、先の尖ったくちばし。頭にはぴょこんと伸びた、触覚のような羽根。

ミミズクだ。ただし、交番の建物よりも大きい、巨大ミミズクである。

「なに、これ」

僕はもう一度、呟いた。光が差して全容が見えたけれど、結局よく分からない。フクロウの仲間なんてどんなに大きい種類でも一メートルもないくらいのはずで、建物よりも大きい、こんな化け物みたいなミミズクがいるはずない。いるはずないけれど、今、目の前にいる。なんでこんなものが、ここに？

赤信号のようなふたつの真ん丸の目玉が、僕を凝視している。あの目が、窓から交番の中を覗いていたのか。

ミミズクは置物みたいに動かない。僕も、その巨体を見上げたまま呆けていた。まばたきも、息の仕方も忘れた。

こういうとき、どうするんだっけ。マニュアルあったかな。いや、こんな事態、想定されていない。とりあえず、道路を塞いでいるのだから退かさなくては。その前に、町の人を避難させる方が先か。こんな大きな生き物がいたら危険じゃないか。猛禽類《もうきんるい》だし——。

頭の中が、しっちゃかめっちゃかになる。

「あっ……そうだ、署に連絡しないと。緊急事態だ」

呆然としてしまったせいで、「緊急事態」という言葉も腑抜《ふぬ》けた声になった。今のところミミズクは静止していて攻撃してこないが、どう処理するにしても僕ひとりで対応できるものとは思えないし、応援を呼ばなくては話にならない。

僕は腰の無線機を手に取り、署に通信を試みた。送信ボタンを押してみてから、考える。なにから言えばいいんだっけ。どう説明すればいいんだ？　だめだ、理解が追いつかないせいで頭が働かない。

無線機のボタンに指を押し付けたまま目を白黒させているうちに、それまでじっとしていたミミズクが、再び動いた。ぬっと屈んで、僕の真正面に顔を置く。

僕はびくっと肩を弾ませた。自分の身長より大きな顔が、目の前に降ってきた。間近に来たふたつの目玉、その黒い瞳孔に、懐中電灯の光と僕の影の輪郭が映っている。鼓動が激しさを増す。視界の端に、ミミズクの足がある。この鉤爪で襲われたら、怪我では済まない。

怖い。体が固まって、動けない。これが町を襲ったら大変だ。ここで食い止めないといけない。それなのに、動けない。

警察官とは、市民のためなら時に体を張るものだ。そう胸に刻んでいるつもりだが、実際に命の危機を感じたのは初めてだ。

ミミズクがくわっと、くちばしを開いた。硬直する僕の手にくちばしの尖端が下りてきて、持っていた無線機に突き刺さる。無線機がパキッと、音を立てて砕けた。

「あっ」

情けないことに、僕はそれを見ているだけしかできなかった。無線機を壊された。署に連絡を取ろうと思ったのに。目の前には、鳥の平たい顔。あれ……僕はどうしたらいいんだろう。頭の中がこんがらがって、そのまま真っ白になって、なにも考えられなくなる。

そこへ、耳慣れた呑気な声が聞こえてきた。

「おや。こんばんはですにゃ」

寝ていたおもちさんが起きてきた。建物から出てきて、こちらに向かってぽてぽて歩いてくる。ミミズクの目がぎょろっと、おもちさんに動く。僕は顔だけおもちさんを振り向いた。

「おもちさん、こっちに来ちゃだめです。危ないです」

僕より小さいおもちさんでは、このミミズクにかかればひと飲みだ。しかしおもちさんは、首を傾げるだけである。

「さては小槙くん、山の主が怖いですにゃ？」

「山の主……？　って、こっち来ちゃだめですって！」

僕の呼びかけを無視して、おもちさんは僕の横にちょこんと座った。

「ようこそ、かつぶし交番へ。お困り事なら、おまわりさんに相談ですにゃ」

見上げるおもちさんを、ミミズクはおもちさんの体の何倍もある目で見つめていた。

僕は短く息を吸い直して、呼吸を整える。おもちさんのおかげで、少し落ち着いてきた。

おもちさんがくるりとこちらに顔を見せる。

「小槇くん、山の主は偉大なる王。この国でいちばん高い山の自然を見守ってくれてる、優しい王様ですにゃ。体はちょっと大きいけど、それだけ懐《ふところ》が深いのですにゃ」

「は、はあ」

山の主。つい最近、その言葉をどこかで聞いた気がする。おもちさんがまた、ミミズクに向き直る。

「ふむふむ、君の怒りはごもっとも。吾輩も気になってたところですにゃ」

耳を下向きに寝かせて、頷いている。

「他人様の名前を勝手に使って、インチキ商売などと不届きな。いつかは君の怒りを買うと思ってたですにゃ」

そうだ、聞き覚えがあると思ったら、あのセールスマンの水の名前だ。あれはたしか、「山の主のパワーを込めた健康水」だった。

巨大ミミズク――山の主は、首をぐりんと真横に曲げる。所作のひとつひとつにびっくりして、僕はいちいち縮こまった。なにか話したのか、おもちさんがこちらを向く。

「小槇くんや。山の主は、君に相談があって来たですにゃ」

「相談、ですか？」

「君は、おうちの玄関に居座ってたセールスマンを追い払ったですにゃ。山の主はそれを見て、君を信頼できる人だと見込んだですにゃ」

「そうなんですか。それは、恐縮です」

夕方、僕は女の子からの通報を受けて臨場し、セールスマンを撃退している。山の主は、あのときの僕をどこからか見ていたそうだ。

いつの間にか、山の主の視線の先が僕に移っている。大きすぎる目と力強い足を見るとどうしても肩に力が入ってしまうが、山の主は僕を攻撃するつもりはないらしい。下を向いた懐中電灯が、おもちさんの背中を照らす。

「小槇くんはセールスマンを追い払えるけど、それはそのとき限りで、逃げたセールスマンはすぐに同じことをするですにゃ。ああいう、人を騙そうとする人は、小槇くんがなにを言ってもやめてくれない。小槇くんも、どうしたらいいか、一生懸命悩んでたですにゃ」

おもちさんがそう言うと、山の主は首を正位置に戻した。おもちさんがゆっくりと、目を閉じる。

「言葉が分かるのと話が分かるのは違うですにゃ。共通の言語を使っていても、考え方が違いすぎて話が通じない人、いるですにゃ。誰かに悲しい思いをさせても自分が得をする方が大事な人と、そうではない小槇くんとでは……」

山の主はおもちさんに視線を移し、静かに話を聞いている。おもちさんの尻尾がぽんと、地面を叩いた。

「言葉で言っても分からない相手なら、実力行使で教えるしかないですにゃ。ちょっとばかし痛い目を見てもらうですにゃ」

細くなっていた目が開き、瞼の隙間から、黄金色の瞳が覗く。

「人間が悪いことをしたら、人間がお仕置きをするのが普通ですにゃ。でも今回は、君は勝手に名前を使われた被害者ですにゃ。だから、やっちゃえ。ですにゃ」

山の主はしばらく、おもちさんの目を見つめていた。夜の静寂と彼らの無言、沈黙が、数秒続く。僕はハッとして、おもちさんと山の主とを見比べた。

「ん？『実力行使』？『やっちゃえ』？」

今、ぼうっとしてるうちに物騒《ぶっそう》な発言があったような。困惑する僕を、おもちさんが一瞥する。

「小槇くん。山の主を見たとき、『こんなのに襲われたらひとたまりもない』と思ったにゃんしょ？」

「はい……」

　僕は正直に頷いた。どう足掻《あが》いても敵《かな》わない、圧倒的な力の差を感じた。今だって、敵意がないと分かっていても、脚が竦んでいる。おもちさんは満足げに、尻尾をひと振りした。

「そのとおりなのですにゃ。ひとたまりもないのですにゃ。山の主は優しい王様だけど、優しいひとは怒ると怖いと、相場が決まってるですにゃ」

「ちょ、ちょっと。大丈夫なんですか？」

　あんなに腹立たしかったセールスマンが、急激に心配になってきた。

「穏便《おんびん》にいきましょう、ね？」

「大丈夫ですにゃ。山の主は優しい王様ですにゃー」

「優しいひとは怒ると怖いって、さっき言ってた！」

　のんびりと間延《まの》びした声で言うおもちさんとは反対に、僕は早口になった。

　突如《とつじょ》、山の主がぬっと顔を下に向けた。背中の大翼を真上に伸ばし、それを地に叩きつけるように羽ばたく。ぶわっと、強風が起こる。

「わっ……！」

　正面から受けた大波の如き風圧で、僕は吹っ飛ばされて尻餅をついた。おもちさんなんか、一瞬で僕より遠くへ飛ばされてしまった。交番の植木が大きくしなり、木の葉と枝を鳴らす。ガシャンと、自転車が倒れる音がする。

「おもちさん！」

僕は叫んで体勢を立て直そうとしたが、その前に山の主がまた翼をひと振りした。今度こそ僕も風に転がされ、縁石で後頭部を強打した。

「いてっ」

頭を打ったせいで、意識がぐらついて立ち上がれなくなった。冷たいアスファルトに仰向けに倒れ、曇りがかった夜空を見上げる。雲に隠れようとする月の下を、ミミズクのシルエットが飛び去っていく。羽ばたく音は、全く聞こえない。

「ホー……」

大空から微《かす》かに声が届く。僕は視界に星を散らして、意識を手放した。


「この頃、気温が下がって過ごしやすくなったな」

朝の立番中、僕は小さく呟いた。あれからまた当直日が回ってきた。今日も、昨日より涼しい。自転車のサドルの上では、おもちさんが後ろ足で首を掻いている。

「涼しくなると食欲が湧いて止まらないですにゃ。これぞ食欲の秋ですにゃあ」

「おもちさんは年中そうでしょ」

秋を理由におやつをねだろうと、おもちさんは僕の様子を窺《うかが》っている。

僕の立つ横の植木は、すっかり葉を落とした。枯れて散っただけではない。風で吹き飛ばされて、一気にごっそり減ったのだ。僕はあの晩を思い出して、後ろ頭のこぶを手で押さえた。

あのあと僕は数分気を失い、目が覚めたときにはもう、ミミズクの形跡すらなくなっていた。突風に攫われたおもちさんはというと、なんだかんだで上手く着地したらしく、怪我ひとつせず帰ってきた。僕は頭にたんこぶを作って気絶しただけでなく、無線機を壊した件で課長からこっぴどく叱られた。「なにがあったらこんな壊れ方をするんだ」と言われたが、僕にもなにがあったのかよく分からない。巨大なミミズクにやられたという事実は、この目で見たのに信じられない。

そして、あの夜に起きた出来事は、もうひとつある。

「ねえ、おもちさん。あれから水のセールスマンがどうなったか、聞きました？」

「そんなのもいたですにゃあ。どっか行ったですにゃ？」

おもちさんは大して興味もなさそうに、サドルに寝そべっている。

「もうやめたそうですよ。セールスマンひとりだけじゃなく、業者丸ごと」

件《くだん》の水の業者は、突如として営業をやめた。倉庫にあった水の在庫が、一夜にして全て破壊されたのである。

倉庫のシャッターは、折り曲げられてむしり取られていた。保管されていた水のボトルが割られ、倉庫は水浸しだったという。

それとは別件になるが、この業者の社員であったセールスマンが、道路交通法違反で警察に捕まった。署に出頭した彼は、青ざめた顔で供述《きょうじゅつ》したという。

「巨大なミミズクから逃げていた」と。

会社の倉庫の異常を知らせる警報を聞き、このセールスマンは自宅から倉庫へ車で駆けつけた。そこで彼は、なにやら世にも恐ろしいものを見たらしい。大慌てで車を発進させ、思い切り速度違反しながら道路を逆走した。

捕まった彼は、震え上がってまともに話せる状態ではなかった。だが、うわ言のように「ミミズク」と口にしたという。

そしてその後、現在まで、警察に「巨大なミミズクがいた」と怯えた声での通報が複数入ってきている。それも全て、この業者に勤めている社員、役員からだ。

僕は彼らに同情めいた複雑な気持ちを抱いた。僕自身、窓に張り付いていた赤い瞳が、脳裏に焼き付いて消えない。山の主は、人間には立ち向かえない異次元の相手だとひと目で分かる。たとえ強気で図々しい悪徳業者であっても、あれと対峙《たいじ》したらたちまち萎縮《いしゅく》するだろう。

商品名に「山の主」と付けてしまったのが、この業者の運の尽きだった。底知れない相手を敵に回すと、「痛い目にあう」のだ。

「彼ら、口を揃えて『こんなビジネスはやるべきじゃなかった』なんて言ってるそうですよ。なにが起こったのか理解しきれていなくても、自らの行いが招いた結果だというのは、直感的に分かるみたいです」

「結構、結構。これに懲りて、真っ当な道に戻れるといいですにゃあ」

なんだか、刑事の先輩から聞いた話を思い出す。おもちさんに嫌われると、恐ろしい思いをするはめになる。きっとそれは、おもちさんに限らずだ。僕らの身の周りには常に、人の力では到底及《とうていおよ》ばないものが潜んでいる。それらの怒りを買ってはいけない……のだろう、多分。

「商品の水は全部だめになったけど、大怪我をした人はいないそうです。逆走したセールスマンも、事故を起こす前に捕まってますし」

転んで擦りむいたとか尻餅をついて腰を痛めたとか、その程度の軽い怪我はあれど、全員無事である。おもちさんは足をお腹の下にしまって、きれいに丸くなっている。

「やはり山の主は優しい王様ですにゃ。必要以上に暴れたりはしないのですにゃ」

「優しいですねえ」

「優しいから、水を買ってしまった人に、気持ちよく深く眠って目覚めすっきりのパワーを振りまいていったですにゃ」

「優しい……」

僕は繰り返し噛み締めた。

大自然を守る山の主は、流石は王の器だ。見た目どおりの風格である。彼が消えた空を見上げて、僕は己を反省した。

「これからは、でっかいミミズクが現れても動じない胆力《たんりょく》を身につけたいです」

冗談交じりに目標を掲げ、虚空を仰ぐ。

「自分の不甲斐《ふがい》なさを思い知りました。警察官なのに、いざというとき、体が強張って上手く動けなかった」

山の主相手だったから仕方ないかもしれないが、あのときの僕は気が動転して冷静さを欠いていた。混乱してしまって無線機をまともに使えなかったのは情けない。

「それはしょうがないですにゃ。おまわりさんとて生身の人間。常に百点満点の行動を取れるわけじゃないですにゃ」

おもちさんがふわあと欠伸をする。僕はそれもそうだ、と頷いた。

「騒がなかっただけでも上出来ですよね。うん、頑張ったぞ、僕は」

運良く相手が僕に好意的だったし、今回はこれでめでたしめでたしだ。それにこの体験で、少し成長できただろう。巨大ミミズクを経験したのだから、今後は並大抵のことでは驚かない気がする。

平穏が戻ったかつぶし町に、心地よい陽が差す。海の向こうでは、遠くに霞《かす》んだ高い霊《れい》峰《ほう》が雪化粧していた。

トリの日

「でさー、山村が補習で思いっきりスタ練に遅刻してきてさ」

ギターケースを背負った春川くんが、交番のカウンターでおもちさんを捏《こ》ねている。

「あいつが来ないうちに、俺と田嶋で楽譜弄《いじ》ったんだよ。そしたら思いの外めっちゃ良くなってね。今度は三人で曲を加筆修正してんの」

春川くんは、学校で軽音部の部長を務めている。パートはギター&ボーカル、バンドのリーダーでもあり、作詞作曲担当でもある。今日は放課後に、ひと駅向こうにあるスタジオで練習があったらしい。帰ってきたその足で、交番へおもちさんに会いにきたのだ。

この頃は昼が短くなってきて、春川くんがスタジオ練習から帰ってくる頃になると、すでにだいぶ空が赤い。夕日に照らされたカウンターで、春川くんの手がおもちさんを優しく撫でている。おもちさんは体を横に倒して寝そべり、気持ちよさそうにうとうとしていた。僕は仕事を進めつつ、春川くんの近況報告に耳を傾けている。

「いい曲に仕上がるといいね」

「うん。完成したらおのりちゃんにも聴いてもらうんだ」

交番に遊びに来る高校生なんて珍しいのだが、春川くんの場合は、家が近所だしここにはおもちさんがいるので、小さい頃からこの交番に慣れ親しんでいるという。ついでに、僕のことを友達としてカウントしている。

「でね、スタジオのおっちゃんがお菓子くれたんだ。いつもなら水すら有料なのに、今日はカボチャの焼き菓子をくれたんだよ！」

「良かったねえ。そっか、今日は……」

僕は壁に掛かったカレンダーに目を向けた。今日は十月最後の日。ハロウィンなのだ。この頃、どこもかしこもオレンジのカボチャの飾りで溢れている。古風な町のかつぶし町では大々的なイベントこそ行われないものの、商店街のアーケードにオバケのオーナメントが吊るされたり、お店のレジの装飾がハロウィン仕様になったりする。中には仮装して来店するとお菓子をプレゼントしてくれるお店もあって、時折、かわいい仮装をした子供を商店街で見かける。

春川くんが指先でおもちさんの喉を擽る。

「おもちさん、今日はハロウィンだよ」

「ハロウィン。あれはなにをやってるですにゃ？」

半分眠りかけつつ、おもちさんが言う。僕と春川くんは同時に「えっ」とおもちさんに注目し、同時に訊ねた。

「おもちさん、ハロウィン知らないんですか？」

「町がハロウィンムードになってるのに？」

「ハロウィンって言葉を聞く時期になると、町がカボチャだらけになるですにゃ。けどもカボチャパーティしてるわけでも、吾輩に食べさせてくれるわけでもなし。なにをしてるのかさっぱりですにゃ」

長く生きているおもちさんは、日本にハロウィンという行事が入ってきてから何回も十月三十一日を経験している。だが町の雰囲気が変わるものの自分に影響がなく、なんのイベントなのか知る機会がなかったらしい。これは意外だ。僕は感嘆交じりに言った。

「おもちさん、どっちかっていうと化け物側だから、むしろよく知ってるのかと思ってました」

「化け物とは人聞きの悪い。吾輩は、ただのかわいい猫ですにゃ。して、これはなんの催しですにゃ？」

おもちさんは今にも眠ってしまいそうな声で、先程の質問を繰り返した。ハロウィンがなんのイベントかというと、僕はさっとは説明できなかった。本来の趣旨《しゅし》は現在とは違うのだが、今の日本では仮装イベントと化している。とはいえかつぶし町ではそこまでお祭り騒ぎにはならないから、おもちさんに話してもぴんとこないだろう。

考えているうちに、春川くんが答えた。

「ハロウィンは、お菓子のイベントだよ」

「お菓子？　おやつですにゃ？」

眠りかけていたおもちさんが、ぱちりと目を開ける。春川くんはニーッと笑い、おもちさんの頬を撫でる。

「小槙さんに、『トリック・オア・トリート』って言ってみなよ。おやつくれるぞ」

「と、トリ」

おもちさんが首を傾げる。僕は苦笑いで手をひらひらさせた。

「やめてよ春川くん。これでおねだりといたずらが止まらなくなったらどうしてくれるの？」

「あはは！　いいじゃん、ハロウィンなんだしさ」

彼は軽やかにそう言って、おもちさんを撫でていた手を高く上げた。

「じゃあね、小槙さん。うちのお店もカボチャコロッケがサービス価格になってるから、よろしく」

そうして春川くんは、引き戸を開けて帰っていった。

残された僕とおもちさんに、沈黙が流れる。カウンターの上で寝そべるおもちさんが、上半身だけ起こす。ゆっくりとこちらを振り向き、おもちさんは首を斜めに曲げた。

「トリ……トリくあ、トリ」

　春川くんが教えてくれたフレーズを言おうとしている。上手く思い出せないようだが、思い出せないなりに近い音を発している。それがなんだかいじらしくて、僕は簡単に懐《かい》柔《じゅう》された。

「分かりました。おやつ、あげます」

　本当は今日のおやつタイムはもう終わっていたが、特別だ。僕は猫用おやつの煮干しを取り出し、おもちさんの口に運んだ。たちまち、おもちさんの目が輝き出す。

「春川くんの言うとおりだったたですにゃ。本当におやつ貰えたですにゃ！」

　煮干しをポリポリ噛み砕きながら、おもちさんは嬉しそうに尻尾を立てた。

「心得たですにゃ。ハロウィンとは、『トリ』と言うと小槇くんがおやつをくれる日ですにゃ」

「そうじゃないです」

「吾輩は猫だし、小槇くんは人だけど、今日は『トリ』の日なのですにゃー」

　なんだかかなり間違った解釈をしている。

　おもちさんが煮干しに夢中になっている隙に、僕は袋の口を縛った。

「残りは今度にしましょうね」

「今食べるですにゃ。もっとですにゃ。トリ！　トリ！」

ねだってくるおもちさんに苦笑いしつつ、僕は煮干しの袋を小さくまとめて胸ポケットに突っ込んだ。

ハロウィンは、トリの日ではない。それはもちろんなのだが、現在日本で定着しているハロウィンも、古くから伝わる催しとは随分形を変えている。

元は秋の収穫を祝い、先祖の霊にお礼をするお祭りだったらしい。そして先祖の霊が帰ってくるのと一緒に、悪霊もやってきてしまうという考えがあり、悪霊から身を守るために、オバケの仮装をするのだそうだ。

というのは、時代とともに随分変わってきているから、今おもちさんに説明しなくてはいけないものでもない。ひとまず現在の日本のハロウィンについてと、合言葉は「トリ」ではないとだけ話そうと思う。

訂正しようとしたそのとき、誰かが僕の背中をとんっと押した。ここには僕とおもちさんしかいないはず。驚いて振り向くと、桜色の着物を着た女の子が、こちらに両手を突き出していた。

「どーん」

「わ、おあげちゃん。どうやって入ってきたの？」

神出鬼没の謎の女の子、おあげちゃんである。引き戸が開いた様子はなかったが、知らないうちに建物に入ってきている。しかも接客用のカウンターを越えて、事務室にいるではないか。そういえば、彼女は過去にもこうして侵入してきて、僕らのおやつをこっそり食べていたことがある。

カウンターの上のおもちさんが、苦い顔になる。

「君はいつもいたずらばかりして……そのうち叱られちゃうですにゃ」

おもちさんにチクリと注意されても、おあげちゃんは紅化粧の目元を細め、くすくすと笑っていた。

「今日は叱られないの。いたずらして、おやつ貰える日なのー」

「もしかしてハロウィンだから、こうして僕をからかいに来たのか」

背中を押された僕は、妙に納得した。

この子はこの子で、ハロウィンという日がなんなのか、微妙に間違えている。おもちさんに説明するついでにおあげちゃんにも教えようとしたのだが、それより先に、おもちさんが話し出す方が早かった。

「おあげちゃん、それは違うですにゃ。今日は『トリ』と言うと小槙くんがおやつくれる日ですにゃ」

「違うよー？　おあげ、見たの。町の子供たち、面白い格好してお菓子いっぱい持ってたもん。ヘンテコリンな格好で大人をびっくりさせると、お菓子を貰える日なんだよ」

おあげちゃんが言い返すと、おもちさんは黄金色の目をぱちくりさせた。

「なんと。つまりその子供たちも、小槙くんからお菓子を貰ったのですにゃ？」

「そうなの？　あの子たち皆、おまわりさんのお兄さんに『トリ』って言って、お菓子貰ったの？」

斜め上の方向に、ふたりの会話が進んでいく。もちろん、僕は町の子供たち全員にお菓子を配ってなどいない。しかし僕が口を挟む隙は与えられなかった。おあげちゃんは再び僕に向き直り、小さな両手をお皿にしてこちらに差し出す。

「トリ！　おあげもお菓子欲しいの」

「うーん……まあいっか」

僕は休憩時間のおやつとして持っていたキャラメルをひと粒、おあげちゃんの手のひらに置いた。おあげちゃんはぱあっと無邪気な笑顔を咲かせた。

「ありがとー！　今日は素敵な日なの。皆にも教えてあげなくちゃ」

「んっ、皆？　皆って？」

また予想外の方向に話が進んだ。おあげちゃんはご機嫌にぴょんぴょんと飛び跳ねて、カウンターの向こうへ出ていき、引き戸を開けて去っていった。

おもちさんが起こしていた上半身を倒す。カウンターにできている日だまりにきれいに収まって、気持ちよさそうにうたた寝している。交番が静かになった。

僕は止めていた仕事を思い出し、椅子に戻る。書類とにらめっこしていると、建付けの悪い引き戸がガコッと鈍い音を立てた。僕はやりかけの仕事を止めて立ち上がり、来客対応に切り替えた。

「はい、どうしま……」

途中まで言いかけて、僕はつい、そこで切った。半端に開いた引き戸から、体を捻じ込んでくる三人の少年がいる。お互いの体を押して、ぎゅうぎゅう詰めになっていた。

「おい、押すなよ！」

「オラが先に開けた！」

「兄ちゃん、ずるいー！」

三人はそれぞれ、赤と緑と青の戦隊ヒーローのお面で顔を隠している。いつぞや出会った、お祭り荒らしのヒーロー三兄弟だ。彼らは団子になって交番の中に転がり込んできて、そして各々叫んだ。

「やい！　トリ！」

「トリ！」

「トリ！」

そういえばこの子たちは、おあげちゃんと知り合いなのだった。なにやら彼女にリンゴ飴を貢《みつ》いでいると聞いている。おあげちゃんはこの三人に、「トリ」のことを教えてあげたようだ。

おもちさんが目を覚まし、半目で彼らを見ている。三兄弟は押し合ってつんのめりながら、カウンターに飛びついてきた。

「おい！　お菓子出せよ！　トリトリトリトリ！」

言葉遣いは乱暴だけれど、教えてもらうなりすっ飛んできたのだろうと思うと微笑ましい。

ハロウィンは「トリ」の日ではないが、おあげちゃんには「トリ」でお菓子をあげたのだ。ここで訂正したら、おあげちゃんが嘘をついたみたいになってしまう。僕は彼らにも、おあげちゃんにあげたのと同じキャラメルをひとつずつ配った。

「はい、どうぞ」

「うわ！　すげえ、本当にくれたぞ！」

レッドが沸き立ち、グリーンとブルーも声を弾ませる。

「人間、いつもはお手伝いしないとお菓子くれないのに！」

「『トリ』だけでいいなんて、こいつチョロいぞ！」

「チョロいんじゃなくて、今日は特別。毎日じゃないからね？」

僕が念を押すのを聞いているのかいないのか、彼らはお面を半分だけずりあげて、キャラメルを口に放り込んだ。

「うめー！」

「甘ーい！」

「すっげー！」

顔の下半分しか出していないのに、きらきらした目が見えるようである。小さなキャラメルひとつでこんなに喜んでもらえると、あげた甲斐がある。

口の中のキャラメルが溶けないうちに、三兄弟は僕に手のひらを突き出してきた。

「もっとくれ！　トリ！」

「あげたくなるけど、トリはひとり一回まで！」

僕が言うと、兄弟はえーっとブーイングした。おもちさんが尻尾でパタンとカウンターを叩く。

「小槙くんはおやつの管理に厳しいですにゃ。こうなった小槙くんは、どんなに甘えてもおやつくれないですにゃ」

「それはおもちさんが太りすぎだから厳しくしてるんですけど……ともかく、キャラメルはひとりひとつ、トリは一回こっきりだよ」

改めて告げられて、三兄弟は僕とおもちさんとを見比べ、素直に受け止めた。レッドが頷く。

「分かった。今日のところはこれで勘弁《かんべん》してやる」

それから三人は、お面から覗く口角を吊り上げた。

「そうだ、お菓子貰ったって、あいつにも自慢してやろうぜ！」

「いいね！」

「自分も欲しくて悔しがるぜ」

ヒーローたちが交番を出ていく。僕はニコニコしながら彼らを見送り、席に戻った。そして彼らの言葉を反芻《はんすう》する。「あいつにも自慢してやろうぜ」……また、誰か来る気がする。

おもちさんが欠伸をして、カウンターに顎を置いた。寝直す姿勢に入って、目を糸のように細めている。

「全く、騒々しいですにゃあ。けども今日はトリの日だから、大目に見るですにゃ」

それから二十分くらい経っただろうか。カウンターの上のおもちさんは、すっかり眠っている。

コツコツと仕事を片付けていると、引き戸が遠慮がちに開いた。今度顔を出したのは、キャップを目深に被った少年だ。

「こんにちは。どうしたのかな」

椅子から立って彼に近寄り、僕は目を瞠《みは》った。よく見たら、少年はびしょ濡れだ。雨が降っているわけでもないのに、全身が濡れている。

「うわ、どうしたの!?　川に落ちちゃった？」

僕が驚いて声を上げても、おもちさんは寝息を立てている。キャップの少年は、ずいっと僕に手のひらを伸ばした。

「トリ」

また、トリだ。「トリ」のひと言で、おもちさんの耳がぴくっと動いた。寝ていたおもちさんが目を覚まし、少年の顔を見る。

「おや。お久しぶりですにゃ。キュウリの少年」

声をかけられ、少年の方もおもちさんを一瞥した。

「トリ。あいつら、これでお菓子貰ったって自慢してきた。本当かどうか、確かめに来た」

朴訥《ぼくとつ》とした声と「キュウリの少年」という呼び名を聞いて、徐々に思い出してきた。この子は以前にもこの交番にやってきた。そのときは、大雨で増水した川に落ちてしまった女性を助け、ここへ連れてきてくれたのだった。当時も彼はずぶ濡れで、タオルを渡しても体を拭こうとしなかった。

「あのときの君か。久しぶりだね。君、あの三兄弟と友達なんだ」

「友達じゃない、あんな子供っぽい奴ら」

少年は面映《おもは》ゆげに、キャップの鍔《つば》を下げて、顔を翳《かげ》らせた。なんともかわいらしい関係である。僕はついつい頬を緩ませ、キャラメルをひと粒、カウンターに置いた。

「はい、あげる」

「お菓子貰えるの、本当だった。ありがと」

キャップの少年は驚きながら、濡れた手でキャラメルを取る。

「ところで、どうして『トリ』なの？」

少年の疑問を受けて、僕は「今だ」と思った。やっと訂正ができる。

「それなんだけど、皆、間違えて覚えちゃったんだ。本当は『トリック・オア・トリート』なんだよ」

「トリック、オ……ふうん、なんか長いし、『トリ』でいいか」

折角訂正できたはずが、少年はあっさり「トリ」の方を採用した。おもちさんも正しい合言葉には興味がないようで、顔が歪むほどの大欠伸をしている。

「キュウリはないの？」

少年はキャラメルの包みを開けて、口に入れた。

「ごめん、キュウリはないんだ」

「そう。まあキャラメルもおいしいから、いいけど」

彼はぴちゃぴちゃと足音を立てて、交番を後にした。僕は濡れた床をモップで拭き、モップの柄のてっぺんに両手を乗せた。「トリ」の噂が連鎖的《れんさてき》に広がっている。もはや止め方が分からない。

「なんか違うけど、ハロウィンって、子供がお菓子をくれる家を訪ねてお菓子を貰う日だから……これでも間違ってはいないのかな」

勤務中にお菓子を配ったことが署にバレて、叱られたりしなければいいが。

おあげちゃんに、ヒーロー三兄弟、キャップの少年。今日は不思議な来客が多い。まさにハロウィンの夜、仮装した子供たちに紛れ込む「本物」のような。

〝彼ら〟は普段は姿を見せず、ふとした拍子に目の前に現れる。どこにでもいる他の子供と同じだけれど、どことなく、なにかが違う気がする住人たちだ。

かつぶし交番に勤めていると、彼らのような不思議な存在によく遭遇する気がする。いや、僕はまだ警察官になってから年数が浅く、経験した交番はここで二軒目だ。かつぶし交番だけが特別だと言い切れるほど、場数をこなしていない。ここに限らず、警察官をしていれば、よくあることなのかもしれない。

驚かされることもあるけれど、喋る猫を見慣れているのだから今更騒ぎ立てるのもおかしい。喋る猫がいるなら郵便を運ぶ鳩もいるし、狐の尻尾がある女の子もいるし、角のある兄弟も、帽子を脱がないずぶ濡れの少年もいる。おかしなことではない。……多分。珍しさで言えば「おもちさんを撫でる」という目的で交番を訪ねてくる地元の高校生だって珍しいのだから、線を引く必要もないのだろう。

おもちさんがすやすや眠っている。いつの間にかすっかり日が落ちて、おもちさんに差していた日の光は消えていた。

そこへ、引き戸がカラカラ音を立てる。

「おまわりさん、トリ！」

また誰か来た。見ると、魔女っぽい帽子とケープを着た女の子が立っている。見知らぬ子だと思ったのだが、帽子の鍔の陰になっていた顔を見て、僕はあっと声を出した。

「真奈《まな》ちゃん！　こんばんは」

「えへへ、クラスの友達と、仮装パーティしたの。似合う？」

中学一年生の女の子、真奈ちゃんは、以前行方不明になったときに僕が発見して以来、顔見知りになっている。

今日の真奈ちゃんは、ハロウィンにちなんで魔女の仮装をしている。一瞬、本物の魔女が来たのかと思ったが、これは間違いなく、仮装をした人間の女の子だ。

「似合ってるよ。でも、『トリ』って……」

「おまわりさんに『トリ』って言うと面白いことが起きるって、友達から教えてもらったの。ああ、クラスの友達じゃなくてね。帰り道に会った子」

そういえば真奈ちゃんは、おあげちゃんと仲良しである。僕はキャラメルを取り出し、真奈ちゃんにあげた。

「これあげる。他の人には内緒だよ」

「わあ、ありがとう！」

真奈ちゃんは嬉しそうに手を叩いて、キャラメルを食べながら帰っていった。

閉まった戸を眺めつつ、僕は小さく息をつく。驚いた、確実に間違いなく絶対に人間の女の子が来た。いや、それまでの子たちが人間ではなかったかと問われれば、なんとも言えないが。

おあげちゃんも、ヒーロー三兄弟も、キャップの少年も、どこか特殊だけれど、彼らが真奈ちゃんとなにが違うかといえば上手く説明できない。あの子たちも、ハロウィンの仮装みたいなもので本当はごくありふれた子供たちなのかもしれない。

おもちさんが寝息を立てている。ついに本格的に眠りに入ったようだ。モップを片付けて仕事に戻ろうとすると、カラランと、引き戸が開いた。

「トリ」

次の来客は、フードで顔を隠した女の子だった。この子は初めて会う子だ。見た目の年齢は、真奈ちゃんと同じくらいに見える。真奈ちゃんの友達だろうか。

「こんばんは。君も『トリ』の噂を聞いてきたの？」

「トリ。話題になってる」

僕の知らない子にまで、「トリ」は広まってきているようだ。彼女にキャラメルを準備しているうちに、開いていた戸の隙間から新しい顔が覗く。

「トリ」

女の子より小さい、幼稚園児くらいの男の子だ。この子も僕の知らない子である。僕はふたりにそれぞれキャラメルを差し出す。

「どうぞ」

「トリのお菓子だ」

「お菓子、貰った」

「ありがとう」

「ありがトリ」

お菓子で満足して、ふたりは各々交番から出ていく。去っていくとき、フードの女の子はスカートの裾からネズミの尻尾らしきものが垂らしており、男の子の方は、背中に小鳥の翼が見えた。

ぴしゃりと戸が閉まる。僕はしばし、カウンターに頬杖をついていた。今のはなんだったのだろう。ああいうデザインの服だろうか。ハロウィンの仮装かな。

また戸が開き、今度は小学校高学年くらいの、日焼けした少年がやってきた。

「トリ」

瞳がレモンイエローで、蛇のように瞳孔が細い。彼にキャラメルをあげると、今度は腕と脚を包帯でぐるぐる巻きにした女の子がやってきて、その次は肌に鱗がある男の子が来た。

「トリー」

「トリ！」

僕は彼らにキャラメルを配る。目や包帯や肌の個性は、ハロウィン用のメイクや衣装だろうか。それにしては質感がリアルな子もいる。

これはハロウィンの仮装の子供たちだろうか？　でも、おもちさんみたいにハロウィンがどういうイベントか知らない子ばかりではないだろう。交番に「トリ」と言いに来る子なんているだろうか。いやでも、春川くんや真奈ちゃんだって気軽に来るし……。

代わる代わるやってくる子供たちに翻弄《ほんろう》されているうちに、僕のキャラメルはついに底をついた。僕はからっぽになったキャラメルの箱をひっくり返す。

「終わっちゃった。これでトリの日はおしまいかな」

このあとも誰か訪ねてきたら、おしまいだと告げよう。と思ったら、それ以降は来客がぱたりと止まった。まるでどこかから、キャラメルがなくなったのを見ていたかのようだ。

動かなくなった引き戸を背景に、おもちさんが眠っている。まん丸の背中がゆっくり、呼吸に合わせて上下している。

僕はキャラメルの箱を潰して、立ち上がった。「お惣菜のはるかわ」に、カボチャコロッケを買いに行こう。今夜の夕飯のメインはこれで決まりだ。

外はとっぷりと暗くなっている。パトロールも兼ねて出かけようとしたら、背後から声をかけられた。

「トリ」

来客は止んだと思ったのだが、まだいたようだ。振り向くと、交番から漏れる明かりを背にして、猫が佇んでいた。丸々とした焼いたお餅のような、白と焼き目色の猫である。

「いつの間に起きたんですね」

「小槇くん、トリ」

足元に擦り寄ってきて、丸い顔で僕を見上げる。僕はしゃがんで、そのふっくらしたほっぺたを撫でた。

「『トリ』はひとり一回ですよ。おもちさんはさっき煮干し食べたでしょ?」

「トリ」

「はは、全然諦めない」

僕はこの流石の執着に負けて、胸ポケットに隠していた煮干しを取り出した。

「特別ですよ。今日はハロウィンだから」

煮干しを手の上に開けて差し出すと、赤い舌がぺろりと、自身のひげ袋を舐めた。

「やっぱり小槇くんはチョロいですみゃ」

柔らかな顔が近づいてきて、手から煮干しを食べはじめる。

「チョロいんじゃなくて、今日は特別なんです」

先程も言ったフレーズを繰り返して、僕は煮干しがなくなるのを待った。

食べ終わったのを見届けて、今度こそ商店街へと向かう。煮干しを食べて満足した猫は、その場で寝転がって喉をゴロゴロ鳴らしていた。


翌日、夜勤が明けて笹倉さんが出勤してきた。たっぷり寝てご機嫌のおもちさんが、笹倉さんの膝に乗って甘えている。

「昨日は小槇くんがおやつくれる日だったですにゃ。『トリ』って言うとくれるですにゃ。笹倉くんも柴崎ちゃんもいたら良かったですにゃー」

「鳥？　小槇、これはどういうことだ？」

笹倉さんの困惑は無理もない。話せば長くなるので、僕は曖昧に濁《にご》した。

「いろいろありまして……。昨日限定で、そういうルールだったんです」

それから、僕はおもちさんののほほんとした顔をじろっと睨んだ。

「本当はお菓子はひとりひとつ、『トリ』はひとりにつき一回までのはずだったのに、おもちさんだけ二回も使いましたね。欲張りだなあ」

最初の一回と、最後の一回。トリはおもちさんで始まり、おもちさんで終わった。僕は僕で、おもちさんの愛嬌にやられて、煮干しを二回もあげてしまった。

ところがおもちさんは、こてっと首を傾げた。

「ほ？　吾輩、一回しか『トリ』してないですにゃ」

「とぼけてる！　キャラメルがなくなったあと、もう一回煮干し食べたじゃないですか」

「うんにゃ。吾輩、寝てたから知らないですにゃ」

おもちさんはそう言い切って、笹倉さんの膝で丸くなった。僕はぽかんとして、昨晩の光景を思い浮かべる。

あのとき、たしかにおもちさんは熟睡していた。僕が出かける音で起きたのかと思ったけれど、そんなことはなく、眠っていたのだとしたら。周辺は暗かった。交番から漏れる明かりを背負った猫は、逆光で模様の色まではよく見えなかった。

昨日はハロウィンだ。仮装の子供たちに紛れて本物もいるかもしれない、どれが本物でどれがそうでないのか、ごちゃごちゃになる日。

『やっぱり小槙くんはチョロいですみゃ』

煮干しに舌舐《したな》めずりをしていた猫の榛色《はしばみいろ》の瞳が、今もどこかで僕を見ているような気がした。

私、きれい？

おもちさんが冬毛に変わりはじめた。夏でもころころふわふわしているおもちさんは、冬になっても見た目はさほど変わらない。それでも、触ってみると毛の層が厚くなっているのが分かる。生え変わりの時期は、ブラッシングすると毛がごっそり取れて面白い。

動物は換毛期《かんもうき》になると体力を消耗してしまうと聞くが、おもちさんは特に怠《だる》そうな様子はない。食欲が落ちる気配も全くないどころか、冬に向けて脂肪を蓄えている。おもちさんの換毛期で苦労するのはおもちさん本猫より僕らおまわりさんの方で、抜けた毛がいつにも増して交番じゅうに降り注ぎ、掃除が大変になる。

とある当直の朝のことだ。事務室でおもちさんの毛の掃除をしていると、休憩室にいた柴崎さんとおもちさんがやってきた。柴崎さんが、僕を見るなり問いかけてくる。

「小槙くん。私、きれいですか？」

「夜勤明けは気になりますよね。特にこの時期はおもちさんの毛がすごいから、制服が毛だらけになりますし。柴崎さんもおもちさんの毛がついてますけど、汚くはないですよ」

僕が素直に答えると、彼女は顔を顰《しか》めて、足元のおもちさんと顔を見合わせた。

「どう思います？」

「躱したのか天然なのか、微妙ですにゃ」

「あれ？　僕、答えを間違えました？」

質問に答えただけなのに、ひそひそ話をされてしまった。おもちさんがぴょんと、デスクに飛び乗る。

「今話題沸騰《ふっとう》の、不審者ママですにゃー」

「不審者……下校中の女の子に声をかけたっていう、あの不審者ですか」

数日前に署から通達があって、僕も気になっている。かつぶし町に、変質者が現れたのだ。

小学生の女の子の親御さんからの通報だ。女の子が下校中、背後からマスクの女性が声をかけてきた。女の子は最初、この女性を自分のお母さんと見間違えたが、女性は「私、きれい？」と妙な問いかけをしてきた。顔はそっくりでも、お母さんがこんな質問をしてくるはずがない……と女の子は不気味に思い、逃げたのだという。女の子が帰宅すると母親は家におり、外で声をかけてなどいなかった。

そんな奇妙な事案が、この町で起きたのだ。町はこの噂で持ちきりになり、僕らも朝の見守りと、夕方の小中学校の下校時刻を中心に、パトロールを強化している。

「あれ、なんなんでしょう。女の子のお母さんそっくりな別人……。気味が悪いですね」

メイクで母親の顔になって、女の子に接触したのだろうか。気持ち悪い話である。

「美人だったとしても、困惑が先に来て『きれいです』とは言えないですよ」

「そうですよね。顔見知りからこんな質問をされたらどんな反応をするか、小槇くんで検証しました」

「そういうことでしたか」

ここでやっと、僕は柴崎さんの質問の意図に気づいた。「私、きれい?」は、この不審者が女の子に話しかけた際の台詞《せりふ》である。容姿についての質問だ。てっきり、柴崎さんにおもちさんの抜け毛がついていないか、確認を求められたのかと思った。

「柴崎さんが美人かどうかを僕に訊いてくるなんて、考えつきもしませんでした。そんなこと訊いてくる人じゃないですから」

「被害者の女の子も、お母さんからこんなこと訊かれて同じように思ったでしょうね」

柴崎さんは、事務椅子に腰掛けた。

「例の不審者はなにが目的なんでしょう。女児に接触するのが目的なのだとしたら、不自然な質問なんかせずに母親のふりを続けた方が無難《ぶなん》です」

「そうですね。わざわざ母親が言わなそうな台詞で声をかけるなんて……訊かなきゃいけない理由でもあったんでしょうか」

僕が考えていると、おもちさんが口を挟んだ。

「町の子供たちの間では、口裂《くちさ》け女じゃないかって言われてるですにゃ」

「口裂け女？　あっ、『私、きれい？』って問いかけ、たしかに口裂け女と同じフレーズですね」

口裂け女――僕が生まれる前に広まった都市伝説だ。下校中の子供に声をかけるマスクの女性で、このマスクを外すと口が耳まで裂けている、というものである。

僕は集めたおもちさんの毛をごみ袋に詰めた。

「口裂け女かあ。かつての口裂け女流行の勢いはすごかったそうですね」

口裂け女の全盛期は、インターネットが普及していない時代だった。それにも拘《かか》わらず、全国に一気に広まった。口裂け女のインパクトがどれだけ大きく、当時の子供たちをどれほど恐怖に陥《おとしい》れたかが窺える。

柴崎さんがこくりと頷いた。

「そうですね。くだらない怪談だけど、民俗学の観点でいえば興味深い事例です。集団下校に切り替えた学校があったり、パトカー騒ぎになったという話も聞きます」

「そこまで社会を巻き込んだんですね。ただの作り話なのに」

なんの根拠もない都市伝説で、子供だけでなく大人も含め、社会全体が騒然としていたのだ。柴崎さんが長いまつげを伏せる。

「都市伝説に便乗《びんじょう》した悪質な犯罪も起こりうる。実際、馬鹿にできなかったんでしょうね」

柴崎さんの言葉で、僕は当時の警察官に思いを馳せた。通報や問い合わせが殺到して、架空の存在である口裂け女にさぞ振り回されたことだろう。

そしてこれは、現在の警察官である僕らも他人事ではない。柴崎さんが真剣な顔で言う。

「当時、口裂け女のふりをして子供を怖がらせるいたずらがあったそうです。今回の不審者も、そうかもしれません」

「そうか、だからあの決まり文句ですか」

不審者の見た目が女の子の母親そっくりという点にばかり気を取られていたが、不審者はマスクをしていたそうだから、顔の大部分が隠れている。不審者に意図して母親に似せたつもりはなく、たまたま髪型や目元が女の子の母親と似ていただけ。偶然似ていたため、女の子はこの不審者を母親と重ね合わせてしまった……なんて可能性もある。

おもちさん曰く、子供たちの間では不審者の正体は口裂け女だと噂されているという。不審者の目的が口裂け女のふりだとしたら、彼女の思う壺《つぼ》なわけだ。

柴崎さんは、こくりと頷いた。

「口裂け女といえば、『きれい』と答えれば口を見せ、『きれいじゃない』と返せば刃物で襲いかかってくるもの。例の不審者が口裂け女の真似事をしているとしたら、刃物を所持している恐れがあります」

僕は背筋が寒くなり、おもちさんと顔を見合わせた。母親そっくりの女の声かけ事案というだけでも気味が悪いのに、口裂け女の真似をして子供を脅《おびや》かしている、さらには刃物の可能性も出てきて、ますます危険人物である。柴崎さんの想像どおりだとしたら、最初に声をかけられた女の子が無事に逃げ切ってくれて本当に良かった。

僕は柴崎さんの隣の事務椅子を引いて、腰を下ろす。

「でも、どうして今更口裂け女？　口裂け女が流行ったのって、昭和ですよね。もうとっくにブームは過ぎてて、今の子供たちにはぴんとこないんじゃないですか？」

「さあ。廃《すた》れたからこそ今の子たちには新鮮で、いい反応を楽しめると思ってるのかもしれませんね」

柴崎さんはやや軽蔑《けいべつ》したような口調で言った。

「この手合いは、時代を超えて何度も繰り返すんです。口裂け女のルーツは、江戸時代だとも平安時代だとも言われてるくらいです」

「平安時代！　口裂け女って、そんなに歴史あるものだったんですか」

「あくまでルーツね。当時のは、昭和に流行ったものとはまるで違う形だったそうですから」

柴崎さんの話を聞いて、僕はへえ、と間抜けな嘆声を漏らした。

怪談は、時代に合わせて変化を繰り返す。背景が変われば恐怖を感じるポイントが変わり、シチュエーションも変わる。もしも今後もまた口裂け女の再流行が起こるとしたら、きっと昭和の口裂け女とは異なる新たな一面を持ってアップデートしてくるのだろう。

柴崎さんはデスクのおもちさんをひと撫でした。

「因《ちな》みに小槇くん。口裂け女は『きれい』と答えれば口を見せ、『きれいじゃない』と返せば刃物で襲いかかってきて、どっちつかずな返答をすればたじろいでなにもしてこないと言われています。先程私にこの質問をされた小槇くんは、明確な回答を避けた。もし私が口裂け女だったら、小槇くんは命拾いしました」

単純に猫の毛の話だと思って間違えただけだが、結果的に正解だった。僕は乾いた苦笑いを浮かべた。

「ははは……まあ、僕らが警戒すべきは口裂け女じゃなくて、女の子に声をかけた不審者です」

「そうですね。くだらない都市伝説の真似だろうがそうでなかろうが、私たちがする仕事は変わらない」

柴崎さんも現実的に受け止めて、書類仕事を始めた。僕も仕事に戻る。僕らが今直面しているのは、架空の存在、口裂け女ではない。現実にいる不審者なのだ。口裂け女のことなど、気にしている暇はない。

そう思った矢先、おもちさんが言った。

「口裂け女ちゃん、本当にこの町にいたりして」

どきりとして、思わず書類に伸ばした手を止めた。柴崎さんも、おもちさんを見て停止している。

おもちさんはデスクでエジプト座りをして、尻尾をひと振りした。

「怪異とは常に、時代に合わせて形を変えて繰り返すものですにゃ。柴崎ちゃんの言う大昔のルーツと、昭和の口裂け女が別物であるように」

黄金色の目が、きゅっと細くなる。

「不審者は口裂け女の〝ふり〟ではなくて、新しい形に変わった現代版かつぶし町型口裂け女ちゃん……にゃんて」

「そんなわけ……」

僕は否定しようとしたが、おもちさんの細めた目を見たら、その先が出なかった。

「絶対ないとは言い切れないですにゃー。おまわりさんなら、かもしれない運転で慎重にですにゃ」

おもちさんは軽快に言って、毛づくろいを始めた。

僕と交代して柴崎さんが交番を引き上げてからは、僕の頭からは口裂け女なんかすっかり消えていた。朝の白っぽい空の下、交番の前で立番をする。通学時間のさざめきも落ち着いて、冬が近づいてきた町の静かな空気が体に沁みるようだった。

行き交う町の人々に挨拶をしていると、ポポポと羽音を立てて、鳩がやってきた。自転車のハンドルにとまって、僕に小さな封筒を差し出してくる。

「あ、郵便屋さんだ。お久しぶりですね」

鳩の郵便屋さんは、忘れた頃にやってくる。うっすらと青みを帯びた小さな封筒は、今朝の空のようだ。

封筒を開けてみると、中身はグレーの鳥の羽根だった。三センチあるかないかの、小さな風切羽《かざきりばね》である。日の光に翳《かざ》すと、レースのカーテンのように透き通る。見間違えるはずもない。文鳥の羽根だ。

「届いたんだ、粟穂」

僕の郵便が届いて、彼も返事をくれた。僕は羽根を撫でて、自転車にとまった鳩に笑いかけた。

「届けてくれてありがとう」

鳩がクーと鳴く。そこへトコトコと、おもちさんがやってきた。

「嬉しい便りが届いたようですにゃ」

「はい。お返事が来ました。ただ、最初に出した手紙の返事はまだ来てないんです」

僕は羽根を封筒に戻し、制服のポケットにしまった。鳩郵便を知って手始めに出した、駐在さんからの返事が来ない。少し寂しくはあるが、鳩郵便は届かないこともあると聞いているので、あまり期待はしないでおく。おもちさんは、眠たそうにまばたきをした。

「気持ちを伝えようともせずに自分の中に封じ込めておくのと、届くようにと送るのでは、全く違うですにゃ。君は手紙を出したですにゃ」

出さなければゼロパーセントだが、出したのだから届いたかもしれない。少なくともゼロではない。

僕はおもちさんに、素朴《そぼく》な疑問を投げた。

「鳩郵便って、封筒に入って届くじゃないですか。でも、花や鳥は自分で封筒に詰めるのも、開けるのも難しいですよね。どうなってるんですか？」

「吾輩も知らないですにゃ」

おもちさんは日向でごろんと寝そべった。僕はそっか、とだけ呟いて、それ以上訊くのはやめた。鳩が郵便を運んでくれるだけでも不思議なのだから、今更細かいことを指摘しても仕方ない。

鳩が飛び立っていく。白ばんだ涼しい空へと、鳩の影が小さくなっていく。僕とおもちさんはふたりで上空を仰ぎ、鳩を見送っていた。交番の前を、町の人が通りかかる。

「おまわりさんとおもちさん、おはようございます」

「おはようございます」

四十代くらいの女性が数人、商店街へ向かっていく。子を持つお母さんたちだ。お子さんの話題で盛り上がりながら歩いていく。

「でね、うちの子ったら『口裂け女が怖いから塾に行きたくない』なんて言うの」

「うちの子も日が暮れる前に帰りたいみたいで、放課後のクラブ活動を休んでるのよ。でも本当に不審者が出たんでしょ？　怖いわよね。上の子にも部活、休ませようかしら」

通り過ぎていく彼女たちの会話を小耳に挟んで、僕は柴崎さんとの会話を思い出した。

「口裂け女、すっかり流行ってますね。子供たちが深刻に怖がってる」

防犯意識が高まるのはいいが、例の不審者がそれだけ恐れられている証だ。早く事態が収まって、子供も大人も安心できる町に戻ってほしい。

「流行ってるけど、実際に通報があったのは女の子の一件だけなんだよな。不審者がいたのは事実とはいえ、噂だけがひとり歩きしてこんなに広まって、町じゅうを震撼《しんかん》させてるなんて……」

まるで、一世を風靡《ふうび》した口裂け女そのものみたいだ。

「口裂け女かあ。あれ、発祥《はっしょう》のエピソードが何パターンかあるんですよね」

「そうなのですにゃ？」

おもちさんが興味なさげに欠伸をする。僕は頷いて、眠そうなおもちさんに語った。

「有名なのは、事故で顔を怪我した女性が、傷を治すために整形手術をして、失敗してしまったという話。他には顔に口紅をべったり塗りたくった人が正体だとか、顔に大怪我をして亡くなった人の霊だとか……いずれも、とても美人だったという設定が多いです。それなのに顔が変わってしまったら……ショックだっただろうな」

口に出して言ってみて、なんだか無性に悲しくなった。どのエピソードも胸が痛む。事故や病気だけでも気の毒なのに、自分の容姿に自信があった人が、それを失ってしまった。誇りを奪われた悲しみは、彼女を変えてしまったのだ。

都市伝説は、語り継がれていくうちに設定が継ぎ足されていくものである。これらの発祥エピソードも、誰かがあとから加えた創作だ。分かっていても、悲しい過去を持った口裂け女に同情してしまう。

「たとえ化け物だとしても、そうなってしまう事情があったんだと思うと、『怖い』なんて単純なひと言では片付けられないですね。好きで口が裂けたわけじゃないのに怖がられたら、傷つくんじゃないかな……」

「どうでしょうにゃあ。わざわざマスクを外して見せるくらいだから、案外気に入ってるのかもしれないですにゃ」

「そうかな……それはさておき、現実の不審者も、もしかしたらなにか事情があるのかも。口裂け女に、悲しい過去があるみたいに」

事情があればなにをしても許されるというものではないが、できれば話を聞いてみたい。

おもちさんはぺたんこの姿勢で顔だけこちらに向けた。

「お人好しですにゃあ。それが小槇くんの良いところだけど、お人好しすぎるのも考えものですにゃ」

「褒め言葉として受け取っておきますね」

そよ風がほんのり冷たい。僕はなにげなく、おもちさんに問いかけた。

「おもちさんは、口裂け女が流行した当時も、この交番にいたんですか？　かつぶし町でも大流行でしたか？」

おもちさんは、この町のお年寄りよりも長くここで暮らしているらしい。ならば当時の流行もリアルタイムで見ていただろう。おもちさんは寝そべったまま、おざなりに答えた。

「覚えてないですにゃ。吾輩、猫だからあんまり関係ないですにゃ」

おもちさんはわりと、人間に無関心である。マイペースで素っ気ないようでいて、そのくせこうして隣に来る、なんとも言えない距離にいる。

「覚えていないけれど、しかし。猫は縄張りを守るものですにゃ。共存できない奴が縄張りを荒しに来たら、吾輩、怒ったかもしれないですにゃあ」

おもちさんはそう言い残すと、日向でお腹を温めながら眠ってしまった。

その日の深夜、僕がパトロールに出かけようとすると、事務椅子で寝ていたおもちさんが目を覚ましてついてきた。自転車のカゴにおもちさんを入れて、眠った町へと出発する。

小中学校の下校時刻に合わせたパトロールでは、かの不審者の姿は見られなかった。行き交う子供たちの会話からは口裂け女のワードを何度か聞くものの、不審者と会った子はいない様子である。このまま何事もなく収束すればいいのだが。

自転車のライトがジジジと千切れそうな音を立て、住宅地の狭い道路をぼんやり照らしている。築年数の長い木造の家が並ぶ古風な景色は、かつての昭和の町並みを思わせる。周囲は夜の闇の中ですっかり寝静まり、水底のような沈黙の中では、自転車の音がやけにうるさく聞こえた。

おもちさんは、自転車のカゴの縁に前足を並べて置いて、正面を見つめている。僕からは後ろ頭しか見えない。自転車が風を切るのに合わせて、おもちさんのひげがふよふよ揺れた。こんなに静まり返っていると、おもちさんに話しかけるのすら憚《はばか》られる。

坂道の途中に、数段だけの小さな石段がある。僕は自転車を降りて、前輪を持ち上げて運んだ。石段を上り終えた、そのときだった。

「私、きれい？」

背後から、声がした。僕はびくっと飛び上がり、声にならない悲鳴を上げた。どきどきしながら振り向くと、そこにポニーテールを揺らす、見知った女性がいた。

「あははっ、めっちゃ飛び上がっとる。おまわりさんでも、夜道で急に声かけられるとビビるんですね」

楽しそうに笑うその人は、日生さんだった。マスクをつけているが、にこにこした目元が露《あら》わになっていれば見間違えない。僕は大きく安堵《あんど》のため息をついて、未だばくばくしている心臓を手で押さえた。

「日生さん、悪質ないたずらはやめてください」

「だってこれ流行っとりますし、おまわりさん、面白いんやもん。ねえ、私きれい？　きれいー？」

こちらは危うく石段から転げ落ちるところだったというのに、日生さんは僕の反応を楽しんで笑っていた。

おもちさんは無言だ。目を細めて、日生さんを見ている。僕は日生さんに苦笑交じりで言った。

「こんな時間までお仕事ですか？　遅くまでお疲れ様です」

「そうなんですよ、終電ギリギリ！　不審者情報もあって穏やかじゃないってのに、夜道をひとりで歩くの怖くてしょうがないですよ」

日生さんはがっくり項垂《うなだ》れ、それから遠慮がちに僕を見上げた。

「そんなわけでして、いいところにおまわりさんおったけん、声かけました。驚かしといてなんですけど、その……帰り道、途中まででいいんで、一緒に歩いてもいいですか？」

僕を驚かせてからかっていた日生さんだったが、本音は心細かったらしい。彼女も言うとおり、この頃は不審者がいる。しかも日生さんの暮らすアパート辺りは特に街路灯が少ない。日生さんに万が一のことがあったら大変だ。

「分かりました。ご自宅までお送りしますよ」

「ありがとうございます！」

日生さんが軽やかな足取りで、石段を上ってくる。

このとき僕は、一瞬、違和感を覚えた。だがなにが引っかかったのか、自分でもよく分からない。

日生さんの自宅は、住宅地にある古いアパート「かつぶし荘」の二階にある。僕は自転車を引いて、日生さんはその隣を歩き、おもちさんはカゴに入って、アパートへ向かった。

自転車を引いて歩くと、発電力が弱まってライトが点いたり消えたりする。

「それで、私、きれいですか？」

日生さんはまだ冗談を続けている。僕は小さくため息をついた。

「今の日生さん、マスクをつけてるから余計に口裂け女っぽいですね。お風邪ですか？　予防とか？」

マスクをつけているが、咳き込む様子などはない。僕が訊くと、日生さんは少し俯いてマスクに指で触れた。

「えーっと、これは……ちょっと、コンプレックスを隠してて」

「あっ、そうだったんですか！　失礼しました」

そういえば、肌荒れを隠すためにマスクをつける人もいると聞いたことがある。日生さんが口元にコンプレックスを感じていたとは知らず、余計な質問をしてしまった。慌てる僕に、日生さんは首を横に振る。

「いいんですよ、私が勝手に気にしてるだけなんで。なんやろ、『笑った顔が怖い』って言われて、それ以来気になっちゃって」

日生さんの声が、だんだん尻すぼみになる。僕は耳を疑った。日生さんといえばポジティブで元気で、いつも笑っているイメージがある。その日生さんに対して「笑った顔が怖い」だなんて一度も思ったことがない。

明るい日生さんが声のトーンを落とすと、なんだか無性に寂しい気持ちになる。僕はつい、お節介な口出しをした。

「そんなの気にしなくていいんですよ。ありのままでいいじゃないですか」

「でも、『隠してたら美人に見える』って言われるので」

そんなことを言われてさぞ傷ついただろう。

もしかしたら、と僕は考えた。日生さんは今の職場に転勤になって一年経っていない。ひょっとして新しい職場に馴染《なじ》めず、いじめられているのだろうか。こんなに帰りが遅いのも、仕事を押し付けられてしまったからなのか。

憶測《おくそく》に過ぎないが、日生さんの弱った様子を見ているとそんなふうに勘ぐってしまう。

日生さんが、マスクのゴムに指を引っ掛けた。

「気になるなら、マスク、外します。外しても変じゃないか、ジャッジしてください」

「あっ、違うんです。外せというんじゃなくて」

咄嗟に待ったをかけ、僕は言葉を探しながら言った。

「ありのままで堂々としてくれたら、その方が嬉しいです。けど、日生さん自身が隠したいものを隠すのは、なにも悪いことじゃないですよ」

本人が気にしているものを無理にさらけ出せというのは、違う。日生さんは指にマスクのゴムを絡めたまま、固まった。おもちさんがカゴからこちらを見ている。

日生さんは、いそいそとマスクを耳にかけ直した。

「そうなのかな……そっか、うん……」

「セーフ！　ですにゃ」

ずっと大人しかったおもちさんが、いきなり喋った。僕がカゴの中のおもちさんと顔を見合わせていると、日生さんは複雑そうに言った。

「でもマスクしてたら、きれいかどうか、判定できないですよ」

「なんでそんなことさせるんですか。マスクを外されたって、判定なんかしませんよ」

「え！　な、なんで？」

日生さんが驚いた声を出す。僕は当然と言わんばかりに答えた。

「どう判定するか以前に、どうこう言うのが失礼だからですよ。軽々しく言うような人間に見られていたのだとしたら心外です」

「うっ！」

なぜか、日生さんは肩を強張らせて呻いた。

「そっか……今時そういう考え方の人が増えてるのね。どうりで訊くだけでドン引きされたわけだわ」

なにやらぶつぶつ言う彼女を見つめ、おもちさんが片前足を上げて主張を挟む。

「吾輩のことはいくらでも『かわいい』って言ってほしいですにゃ」

「はいはい、かわいいですね」

僕がおもちさんの頭を撫でると、おもちさんは満足げに耳を倒した。

数分、無言のまま僕らは歩みを進めた。僕の胸にはまだ、なにかが引っかかっている。日生さんと会ったときに感じた、どこか変な雰囲気。話してみれば普段の日生さんなのに、なにかがおかしい気がする。

夜の静寂が僕らを包んでいる。集合住宅が立ち並ぶエリアに近づくと、日生さんは再び口を開いた。

「おまわりさん。私、仕事のことで悩んでて。相談があるんですけど、いいですか？　あ、警察の介入を求めてるとかじゃなくて、個人的な意見を聞かせてほしいんです」

「いいですけど、僕の意見でいいんですか？　ターゲットの顧客層に近いとか？」

「いえ、ターゲットは子供たちです。でも、おまわりさんの感覚、勉強になりそうなんで」

日生さんにどこかいつもと違う印象があったのは、悩みがあったからだろうか。僕に参考になるような意見を出せるかはなんとも言えないが、力になれるようならなりたい。日生さんは言葉を探りながら話しだした。

「実は、私の仕事、時代にそぐわなくなってきてて。現代の子に受け入れられるように、イノベーションしないといかへんの。で、新しいこと考えたんですけど、なんか今ひとつというか……空回りしちゃうんです」

僕は聞きながら、無言で俯いた。新しい職場に来たばかりで、仕事で失敗してしまって、職場の人と上手くいかなくなってしまったのだろうか。それであんな酷《ひど》いことを言われてしまったのだろうか。

日生さんは思い悩んだ顔で夜空を仰いだ。

「次は失敗しないように、現代的で革新的なアイディアが欲しいんです。知恵を貸してください」

「一緒に考えます。どんなお仕事をなさっているんですか？」

「あ、ええと……それは今後の事業に関わる企業秘密なんで、具体的には話せないんです。でもそれだと意見も出せないか。うーん、そんなら、例え話で」

彼女は目を白黒させ、やがて腹を括《くく》ったように言った。

「口裂け女。あれ、時代と合ってないと思いませんか？」

突然出てきた「口裂け女」に、僕はつい、顔を顰めた。日生さんがわたわたと付け足す。

「例えば！　例え話ですよ。私が口裂け女の仕事してるんじゃないですよ」

妙な慌てぶりを横目に見てから、僕はおもちさんにも目をやった。おもちさんは自転車のカゴの縁に頬を乗せて、日生さんをじっと見つめている。

日生さんは、忙しなく目を泳がせながら続けた。

「口裂け女は、昭和に流行った都市伝説ですやろ。あくまで当時の時代背景を元に造形されとるんです。流行した頃と今とでは、恐怖を感じるポイントが違う。なにせ当時は、女性がマスクをつけてるというだけで、不気味なものという印象だった」

「えー！　今じゃ普通なのに」

「そう。つまり昭和の子供たちと今の子供たちでは、受ける印象が違う。口裂け女が現代に現れるとしたら、もうひと声、なにかインパクトのある新設定が必要になるんです」

独特な例え話だ。日生さんは、数秒前までしどろもどろだったのに、今度はやけに饒舌《じょうぜつ》になってきた。

「口裂け女は口伝で伝播《でんぱ》されていくうちに、設定が次々と追加された。弱点や好物や、実は三姉妹だとか……。さらには漫画のキャラクターとして、コミカルに描かれたりもして。最初の設定だけじゃ物足りなくなるから、設定が増えて枝分かれして、形が変化していった」

流れが変わってきた。仕事の例え話にしては不自然なほど詳細に、口裂け女の話題が続く。

「……詳しいですね」

「それでも、『私、きれい？』のフレーズだけは守り続けてきた。しかしさっきあなたが言ったとおり、他人の容姿をあれこれ言うのはナンセンスな時代が来てしまった。時代に合わせたいからといって口裂け女からあの台詞を奪ったら、いよいよ別のものになってしまう」

自転車の音と、妙に早口な日生さんの声とが、冷たい夜の空気に吸い込まれていく。おもちさんは彼女を見つめたまま動かない。僕は胸のざわつきをなんとなく感じつつ、相槌を打った。

「そうですね」

暗がりの先に、日生さんのアパートが見えてきた。僕がそちらに向かおうとしても、隣を歩く日生さんは歩を緩めず、道をまっすぐ進んでいく。

「伝統にイノベーションはつきものよ。けど、根底を変えてしまうとそれはもうイノベーションじゃなくて冒涜《ぼうとく》なの」

ついに言葉遣いが日生さんらしくなくなってきたが、ひとまず気にしないでおく。日生さんはいつになくよく喋った。

「それに、外見に触れられないとなると、口が裂けているという外見に対して化け物扱いというのも、失礼に当たる」

「どんな事情があるのか分かりませんからね」

「でもどう？　裂けた口を怖がらなければ、口裂け女は怪異として成立しない。結果、面白くないから、ちょっと話題になってもすぐに廃れるのよ。もうどうしたらいいの？」

ふいに、僕は最初に覚えた違和感の正体に気づいた。

日生さんが、おもちさんにひと言も話しかけていないのだ。

お祭りで会ったときには、僕が空気になるほどおもちさんと仲良しだったのに、今ここにいる日生さんは、おもちさんを見ようともしない。

僕らはついに、日生さんのアパートを通り過ぎた。日生さんは気にせず歩いている。僕はちらっとだけアパートを振り返って、結局触れずに、日生さんの歩みに合わせた。

「それじゃあ日生さんは、時代に合わせるためにどんな設定を増やそうと考えたんですか？」

既出のアイディアを訊いてみると、日生さんはすぐさま教えてくれた。

「声をかける相手の、知っている人物に化けるのよ」

心臓がどくんと、大きく跳ねた。得たくなかった確証を得てしまった気がする。頬を引き攣らせる僕をよそに、日生さんは滔々《とうとう》と続ける。

「気心の知れた人だと思って話していたのに、マスクを外したら口が裂けていたらすごく驚くでしょ？　それに『私、きれい？』の返答が曖昧だったとしても、そのまま会話を続ければマスクを取る機会は巡ってくる。恐ろしさと効率の良さを兼ね備えた名案だと自負しているわ」

日生さんはあれこれ考えを巡らせている。

「これまでは黒髪美女からのギャップ一本でやってきたけど、思い切って変えてみたのよ。でも、上手くいくはずだったのに、会話になる前に逃げられちゃったの」

僕は黙って項垂れていた。彼女との出会い頭のやりとりが、脳裏を過《よ》ぎる。

『私、きれい？』

『マスク、外します。外しても変じゃないか、ジャッジしてください』

僕は初手では回答を避け、二回目以降の波も全て躱した。話の流れでマスクが外されかけたときは、止めた。おもちさんは、「セーフ」と言った。あまり考えたくないが、辻褄《つじつま》が合ってしまう。

僕がちらりとおもちさんに目配《めくば》せをすると、おもちさんもこちらを振り向き、黄金色の目をきゅうっと細めた。

もちろんにわかには信じられないが、一応、かもしれない運転で慎重に行動しよう。日生さん、と呼んでいいのか分からなくなってきた人が、僕の腕をぱしぱしと叩いてくる。

「ねえ、おまわりさん？　現代に再ブームを起こすためには、どうしたらいいのかしら」

「あー、ええと……そうですねえ」

上手い返事が出てこない。急に歯切れが悪くなった僕に、彼女はなにか察したのだろうか。人懐っこい表情に、すっと冷めた色が差す。

「どうしたの？　これは例え話よ？」

なにが事情があるのなら、できれば話を聞いてみたい――そんなふうに考えていた、朝の自分を思い出す。

「ねえ」

日生さんそっくりの目元が、見慣れた笑みを浮かべる。

「私、きれい？」

と、そのときだった。カゴの中のおもちさんが、気怠《けだる》げに口を開いた。

「猫は縄張りを守るものですにゃ」

おもちさんの瞳が、マスクの彼女を射貫く。ようやく彼女の方もおもちさんに目を向け、眉を顰《ひそ》めた。おもちさんが唸る。

「ぴりぴりざわざわなかつぶし町は、居心地が悪いですにゃ。だからお前、嫌いですにゃ」

空気が凍りつくような緊張が走る。

不愉快そうな顔のおもちさんを一瞥し、女性はマスクをずり上げた。

「……おまわりさん、ここまででいいです。あとはひとりで帰ります」

「大丈夫ですか？」

「ええ。私はここでは暮らせそうにないので」

女性が足を早める。これまで横にいたから気がつかなかったが、彼女は日生さんの雰囲気とは違う、真っ赤なハイヒールを履いていた。

「あの、最後にひとつだけ」

僕はつい、彼女の背中に問いかけた。

「『きれい？』って訊いて、どう反応されたいですか？」

赤いヒールが立ち止まる。僕はひと呼吸置いて、続けた。

「怖がらせて楽しんでるのか、本当は悲しいのか。答えたくないならそれでもいいです」

訊いたところで僕にはどうにもできないけれど、知っておきたかった。女性は、日生さんの顔で振り向いた。

「今は驚かせるのが生きがいよ」

「そう、ですか」

「ええ。そうやって開き直らないと、やってらんないじゃない。本音を言えば褒められたいけど、こんな顔じゃ無理に決まってるんだもの」

そう言って、彼女はにこりと目を細めた。

「でも、ありがとう。『隠したいものは隠していい』って言ってもらえて、嬉しかった」

マスクに隠れた小さな顔に、細く色白な指を添える。

「そうよね。コンプレックスなんか霞《かす》んで見えなくなるくらい、チャームポイントを磨《みが》いてやるわ。だって私、きれいだもの」

彼女はそう言い残すと、アパートとは逆の方向へと消えていった。

それから数日も経つと、かつぶし町を騒がせた口裂け女の噂は殆ど聞かなくなった。不審者の目撃情報もそれ以降はなく、町に再び、平和が訪れた。

「なあ知ってたか、小槙。強い化け物がいる場所には、それ以下の化け物は寄り付かねえんだってさ」

笹倉さんが、コンビニで買ったらしいオカルト雑誌を捲《めく》っている。

「強い化け物にとって邪魔じゃない奴なら平気で入ってくるけど、相容《あいい》れないものは反発するんだと。でもたまーに縄張りを奪いに来る奴がいて、元からいる奴は撃退しようとして戦うらしいぞ」

書類仕事は止まっている。そしてその書類を下敷きにして、おもちさんが爆睡している。僕には苦笑いしかできない。

そこへ、引き戸がガラガラと鈍い音を立てた。

「おまわりさーん！　道教えてください！」

飛び込んできたのは、日生さんである。ポニーテールをひょこひょこ揺らして、駆け込んできた。

「ネットで調べると出てくる地図、古かったみたい。書いてある道がないです！」

「どれどれ、どこに向かってるんです？」

僕はカウンターに歩み寄り、壁に貼った最新版の地図を指さした。日生さんが地図に顔を寄せる。

「『福《ふく》もち堂』って和菓子屋さんです」

そのとき僕は、彼女の顔を見てあっと声を出した。今日ここにいる日生さんは、マスクをつけていない。ついじっくり見ていると、視線に気づいた日生さんが地図からこちらに向き直った。そしてなんの躊躇《ためら》いもなく、ニコーッと笑ってみせる。

「なんですかー？」

「いえ、なんでも。日生さん明るいなと思って」

とりあえず濁しておくと、日生さんは一層嬉しそうな笑顔を咲かせた。

「それが取り柄《とえ》なんで！　笑顔でいれば、それだけで『かわいい』って褒めてもらえるんで、見せとかな損ですけん」

冗談っぽく言って、彼女はまた地図で和菓子屋さんを探しはじめた。

「和菓子屋さん、会社の人に教えてもろたんですよ。いやあ、新しい職場びっくりするほど良い人揃いで最高ですよ。おかげさまで仕事も順調！　残業も殆どないし、前の勤務地よりええですわ」

「そうでしたか！　良かったあ」

勝手に心配していた僕は、日生さんのこのひと言で一気に安心した。僕の大袈裟《おおげさ》な反応を見て、日生さんはきょとんと首を傾げたのち、すぐに切り替えた。

「この『福もち堂』ってお店、おもちさん大福なるものがあるんでしょ。私、かつぶし町住みなのに話題に乗り遅れとった。あっ、本物のおもちさん、そこで寝てる！」

騒々しい日生さんを見ていると、無性にほっとする。そして同時に、彼女の顔をして彼女らしからぬ表情を見せた、あの人を思い出す。

裂けた口を怖がらなければ、口裂け女は怪異として成立しない……と言っていたが、そう言いつつもコンプレックスは隠したい、きれいと言われたい、複雑な人だった。恐ろしい人のはずなのに、演技が途切れて素が出てしまう、ちょっと憎めないところもあった。

僕はマスクの中を見なかったし、きっとこの先も、もう会う機会はないだろうけれど。

おもちさんは書類を敷布団にして、むにゃあ、と寝言を呟いた。

ひとりぼっちの寂しがり屋

夜勤中の僕の膝の上で、おもちさんがうたた寝をしている。僕は片手でペンを持ち、もう片手はおもちさんのお腹の下に突っ込んで暖を取っていた。冷え込む季節が来ると、この温もりがありがたい。

「去年のこの時期、こんなに寒かったかな」

足元には電気ストーブが設置されている。網目の向こうでオレンジ色が反射して、普段は薄暗いデスクの下が今だけ眩しい。

「首都圏は雪の予報だそうですよ」

おもちさんの三角の耳に囁くと、その耳がぴくりと動いて、眠たそうな声が返ってきた。

「それは大変ですにゃあ。雪……昔、一度……いや、何度か見たかもしれないですにゃ」

「この辺、降らないですもんね。あんまり見たことないですよね」

かつぶし町は、地形と温暖な気候のおかげで、雪と縁がない。寒い日には、風花《かざはな》といって細かい氷の粒が舞うときもある。そういう日のおもちさんは、風花を追いかけてかわいくはしゃいだり……はせず、暖房の効いた屋内から出てこなくなる。足元のストーブも、猫好きの署長がおもちさんのためにと用意してくれたものだと聞いた。

寒い寒いとばかり言ってはいられない。僕は膝のおもちさんを抱き上げて立ち上がった。

「パトロールに行ってきます。危ないのでストーブ消しますよ」

「この寒いのにお出かけとは、元気ですにゃあ」

椅子に降ろされたおもちさんが呆れた声を出す。元気もなにも仕事なのだが、元気でないと出られないのはもっともなので、突っ込まないでおいた。

「やれやれ仕方ないですにゃ、吾輩も一緒に行くですにゃ」

寒がって出てこないかと思いきや、なにやら気が向いたようだ。おもちさんが僕のパトロールについてくる。

街路灯が細々と照らす夜の商店街を、自転車で進む。突き当たりの神社から折り返して、さらに周辺をチェックする。動いていると体が温まってきて、寒さに慣れていった。

今夜も何事もなく終わるかと思ったのだが、住宅地の裏の公園に差し掛かったとき、僕は異変に気づいた。この寒い中、公園をうろうろと徘徊《はいかい》している人がいる。なにやらブツブツと呟きながら、円を描くように歩いているのだ。街路灯にぼんやりと照らされるその姿は、奇妙そのものである。

僕は公園の入口に自転車を停めて、その人物に慎重に近づいた。

「あのー、どうしました?」

街路灯の灯りで、その人の顔が見えた。無精髭《ぶしょうひげ》を伸ばした、赤い顔の中年男性である。近づいただけで鼻にツンとくるほど、お酒のにおいがする。痩《や》せた体には、薄っぺらい黒のブルゾンを羽織《はお》っている。この寒さの中、やけに薄着だ。

おもちさんは、自転車のカゴからこちらを傍観《ぼうかん》している。

ふらふらと歩いていた男性は、僕の格好を認識するなり、ぴたりと止まった。目を眇《すが》めて、彼は小さな声を絞り出す。

「警察……」

「なにをしてらっしゃるんですか?」

と、僕がそう問いかけたときだった。男性が突然、僕の両肩に掴みかかってきた。

「お前なんか! お前なんかに私の気持ちは分からない!」

「うわっ!」

息が酒臭い。掴んでくる手は、ぶるぶる震えていて、力は入っていなかった。

「お前の拳銃を奪って、今ここで撃つぞ」

「落ち着いてください」

「うるせえ! ボコボコにしてやるからな! 今すぐここでボコボコにしてやる!」

かなり酔いが回っているようだ。僕が宥《なだ》めても、彼の暴言は勢いを増すばかりである。

僕が大変な目にあっていても、おもちさんはカゴの中で欠伸している。

ふいに、男性の上着の胸にプリントされた、白いロゴが目に入った。「コザカナ精工」……社名入りの仕事服だ。この町の会社なら社名に覚えがありそうなものだが、ぱっと思い当たらない。

「私は間違ってない！　間違ってるのは、世の中の方だ。お前の拳銃を奪って、手始めにお前から！」

男性が大声を張り上げる。怒鳴り散らして僕を威嚇《いかく》しているけれど、実際はただ震える手で僕に縋《すが》りついているだけだ。

「拳銃は持ち歩いてないです。落ち着いてください、ね」

道端の酔っぱらいの対処も、警察官の仕事だ。僕が狼狽《うろた》えたら、この人は余計に感情を抑えられなくなってしまう。

僕が男性の腕をトントンと叩くと、彼は大きく息を吸って、また怒鳴った。

「お前なんかなあ！　……うっ」

急に、男性が呻いた。真っ赤だった顔から、みるみる血の気が引いていく。それを見て、僕の方も青ざめた。

「待っ……今、吐かないで！」

本日いちばんの叫び声を上げる僕を、おもちさんは冷ややかな目で見ていた。

その後、僕はこの男性を交番に連れ帰ってきた。

最初こそ激昂《げっこう》していた男性は、気分が悪くなって大人しくなり、交番への同行に素直に従ってくれた。真っ直ぐ歩けない彼に肩を貸さなくてはならなくて、仕方なく、自転車は公園に置いてきた。おもちさんはそんな僕らの後ろを、テクテク歩いてついてきた。

連れてくるまでの間に男性は道で寝てしまい、僕はこの人を殆ど引きずるような形で、ようやく交番まで運んできたのだった。

現在の時刻は、午前三時。帰ってきて早々、おもちさんがストーブの前にスタンバイする。

「お疲れ様ですにゃ、小槇くん。これ点けてほしいですにゃ」

「はいはい」

男性を応接用の椅子に座らせてから、ストーブの電源を入れる。男性は椅子の背もたれに体を預けてぐったりしている。いよいよ救急車を呼ぼうかと考えつつ、僕は給湯室へ水を汲みに行った。とりあえず、体内のアルコールを薄めた方がいい。

グラスを水で満たして事務室に戻ると、男性が体を起こしていた。室内の明るさと温かさで、目が覚めたようだ。魂が抜けたような顔をして壁の一点を見つめており、その姿をおもちさんが眺めている。僕はひとまずほっとして、男性の前のテーブルに水を置いた。

「起きましたね。体調はどうですか？」

声をかけられて、男性はゆっくりとこちらを向いた。

「警察……ここ、交番……？　私は、私は……」

小刻みに震えて、消え入りそうな声を漏らす。怯えた小動物のように縮こまって、数分前までの攻撃的な態度が嘘のようだ。今では顔色も落ち着いている。

人が変わったような変貌《へんぼう》ぶりだが、彼の記憶はなくなったわけではなかった。男性は椅子から転げ落ちるように床に膝をつき、白髪の交じった頭を勢いよく下げた。

「ご迷惑をおかけして、申し訳ございませんでした！」

「わあ！　顔を上げてください」

「酔って暴れて警察のお世話になるなんて。本当に、本当に情けない。申し訳ございません」

床に額をくっつけて、彼は繰り返し謝った。酒に呑まれていたときとは打って変わって、真面目そうな人柄が感じ取れる。

床に張り付いて動かない彼に、僕もしゃがんで問いかけた。

「お名前、お伺《うかが》いしてもいいですか」

「谷山《たにやま》……谷山武雄《たけお》と申します」

男性、谷山さんはようやく頭を上げた。僕は頷いて、質問を続ける。

「ご気分はもう大丈夫ですか？」

「はい、おかげさまで」

「ご自宅はどちらですか？　帰れますか？」

「はい、ひとりで大丈夫です」

谷山さんは、はあ、と大きく息を吐き、声を震わせた。

「見苦しい姿を晒して職質、それもこんな、息子と殆ど年の変わらない若いおまわりさんの世話になるなんて。息子にも妻にも顔向けできない」

くしゃくしゃに歪めた顔を両手で覆い、苦しそうに言う。

「自首します。罪を償いますので、どうか……」

「そんな、捕まえたんじゃないですよ。ご気分が優れないようだったのでお声がけしただけです」

あまりに深く反省しているので、僕は逆に申し訳なくなってきた。谷山さんは、目元を腕で擦り、涙声で言った。

「いや。ただ酔って暴れただけじゃない。私は本当に、罪を犯した」

震えた声が、よりか細くなる。彼はなにか言い澱《よど》み、数秒置いて、意を決したように再び口を開いた。

「銀行強盗を……」

「銀行強盗!?」

僕は素っ頓狂な声で反復し、それから冷静になった。

「銀行強盗なんてあったら、署から連絡が来てるはずなんですが……」

「明日、実行するつもりでした」

谷山さんが項垂れる。

「刃物も目出し帽も買いました。明日になったら、銀行を襲う、そのつもりで」

「買っただけなんですね？」

「はい。買ってきた刃物と目出し帽を見たら、不安で堪らなくなって、酒を浴びて気を保とうとしていました」

谷山さんに手荷物はない。彼は銀行強盗を計画したかもしれないが、実行はおろか、刃物を持ってうろついていたわけでもない。

それでも谷山さんは、その思考に至った自分を許せないようだった。

「おまわりさんに声をかけられて、冷静になりました。あなたがいなかったら、私は明日、銀行を襲っていた」

彼は深い呼吸を繰り返し、頭をより深く下げた。

「こんな私は、罪を犯したのと同じだ。自首するから、罰してくれ。頼む」

僕はしばし、絶句してしまった。なんと声をかけたら正解なのか、言葉が見つからない。谷山さんは頭を下げたまま動かない。僕も無言になる。ストーブの前では、おもちさんが毛づくろいをしている。

しばらくの沈黙のあと、僕はひとまず腰を上げた。

「谷山さん、話を聞かせてくれませんか。どうして銀行強盗なんて考えてしまったのか、教えてください」

応接用の椅子を引き、谷山さんに座るよう促す。谷山さんはまだ、立ち上がろうとしない。

「そんなの、私が最低の人間だからです」

「そうなんですか？　少なくとも僕には、あなたがそういう人には見えません」

「君に私の気持ちなんか分からない。君はまだ若いのに立派な警察官で、それに比べ私は、歳をとった無職の酔っ払いだ」

僕は谷山さんに勧めた椅子の反対側、テーブルを挟んで向かい合うもうひとつの椅子に腰を下ろした。

「気持ちが分かるかどうかはお約束できませんが、あなたの話を聞きたいんです。なにか事情があったんじゃないですか？」

僕が訊ねると、谷山さんは縋るような目で僕を見て、ようやく膝を伸ばした。椅子に座り直して、改めて僕と目の高さを揃える。

彼は置いてあった水をひと口飲んで、切り出した。

「失うものが、なくなったんです」

ぽつり、短い言葉が静かな空間に消える。少し間を置いて、彼はぽつぽつと話し出した。

「経営していた会社が倒産して、毎日、生活が苦しかった。新しい仕事を始めても、定着しなくて金が貯まらない。やがて息子が家を出て、とうとう妻にまで逃げられたのが、七日前」

谷山さんは据わった目をして、はは、と自嘲《じちょうてき》的に笑った。

「でも、自分の会社が倒産したのは三年も前なんですよ。なにがきっかけ、とかではないんです。ただじわじわと自分の中でなにかが壊れて、家族の形も歪になって。いつの間にか、守るものがなにもなくなっていた。だったらいっそ全部ぶっ壊してしまった方が、早く楽になれると思ったんです」

ため息交じりの彼の言葉は、僕の胸を締め付けた。この大人しいおじさんが、銀行強盗なんか計画してしまった。彼がどれだけ追い詰められて選択肢をなくしていったか、想像するだけで苦しくなる。

ブルゾンに印刷された、「コザカナ精工」の文字に目が行く。

「お仕事をなくされたのが、三年前、でしたか」

「はい。この町の外れで、町工場を営んでおりました。従業員たった五人で、産業用ロボットの部品を作っていました」

耳に馴染みのない名前だと思ったら、僕がこの交番に赴任《ふにん》してくるより前になくなった会社だったのだ。

僕は改めて、谷山さんのブルゾンに目を向けた。彼はもう失われた会社の着古したブルゾンを、今でも上着として使っている。

谷山さんが、グラスをテーブルに置いた。

「私は死んだ父から工場を引き継いで、社長に就任しました。とはいえ社長とは名ばかりで、自分も現場で作業をしていましたよ」

ごつごつした職人の手が、膝の上で指を組む。

「しかしあんな小さな町工場なんて、設備の整った大手企業には敵わないんです。うちの会社は年々受注を取れなくなって、お得意様も大手に奪われて。そうして、みるみる追い込まれました」

谷山さんは寂しそうに、それでいて懐かしそうに話してくれた。

仕事が減ってきたコザカナ精工を立て直そうと、谷山さんは経営者として様々な策を練った。朝も夜も営業に駆けずり回り、空いた時間で工場に入り作業をし、足りないお金を工面するために知り合いに頭を下げた。

工場の設備が壊れても、お金がなくて直せない。従業員の負担が増えて、不満が噴き出す。次第に給与も遅配するようになり、元々少なかった従業員がぱらぱらと辞めはじめた。残った従業員と谷山さんにはさらに負担が伸し掛かる。谷山さんは、心身ともに疲弊《ひへい》していった。

町工場の職人技を紹介するテレビ番組に影響されて、独自の突出した技術を編み出そうともした。思いつきでは上手く行かなかった。せめて従業員へ未払いの給与だけは払わなくてはと焦《あせ》った結果、借金が膨れ上がっていく。辞めていった元従業員からお金を借りたこともあった。

迷走に迷走を重ねたコザカナ精工は、ついにその看板を下ろした。残ったのは、傷んだ建屋だけ。

「父が遺した会社を、守りたかった」

谷山さんは項垂れて、口を両手で覆った。

「会社はもうだめだと諦めても、せめてこんな私についてきてくれた従業員たちの生活は、守らなければと思った」

だが、それも叶わなかった。これが、三年前。

谷山さんは、風船が萎《しぼ》んでいくかのように背中を丸め、生気のない目で語った。

「会社と従業員を手放した私は、しばらく落ち込んでしまって新しい仕事を探す気力もありませんでした。妻と息子は、そんな私を支えてくれた。ただでさえ苦労をかけているのに、無職で役立たずの私のために、妻はパートを掛け持ちした。当時大学生の息子も、バイトをして家にお金を入れてくれました。遊びたい盛りだっただろうに」

谷山さんが、当時の自分をゆっくり語る。

働けなくなった彼は、これでは妻と息子に申し訳が立たないと、体に鞭《むち》を打って仕事を探しはじめた。町工場の狭い社会しか知らなかった彼は、他の業種に就いたら一から覚えることが多くて耐えられないと考えた。自然と、応募する仕事は製造業ばかりになる。

しかし同じ製造業でも、自分がやっていた仕事とはやり方が違う。製造業なら即戦力になれるはずだったのに、よそはどこも異次元だった。精神的にも参っていた彼はなにをやっても上手くいかなくて、長続きしなかったという。

ストーブの前のおもちさんが、腹ばいになって体を伸ばしている。背中を温めているのだろうか。

「家族からは、『無理しなくていい』と止められたけれど、私は怖かった。従業員たちが離れていったように、妻と息子にも愛想を尽かされたらと思うと」

これ以上、自分の居場所をなくしたくない。彼は家族を守りたかった焦りで、また大きな失敗をした。

「慌ててお金を求めた結果、投資詐欺《とうしさぎ》に遭《あ》いました。……バカですね。今度こそ本当に貯金が底をついて、妻と息子が稼いでくれたお金もパアになった」

　聞いているだけで胃が痛む。

　家族の稼ぎを台無しにした谷山さんは、奥さんにさめざめと泣かれ、息子さんからは罵倒された。息子さんは大学を辞めざるを得なくなり、ついに彼は父親と会話しなくなった。

　それが、二年前の出来事だそうだ。

「それから一年もすると、息子は私たちを置いて家を出ました。一年がかりの計画だったんでしょう。友達や先輩の協力も得て、私に行き先も告げずに、去っていきました」

　気がついたら、僕は前屈みになって下を向いていた。谷山さんの話が、背中に重く伸し掛かってくる。

「そして、七日前。今度は妻が、私の元を去りました。彼女は最後に教えてくれました。息子が今、都会でひとりで暮らしていること。そして、息子の方で準備が整ったから、妻も呼ばれて向こうで一緒に暮らすのだと」

　谷山さんは、言葉を噛み締めながらゆっくりと話した。

「妻は、これまでなにがあっても傍にいてくれた。息子がいなくなっても、せめて妻にだけは許してほしくて、私は必死に仕事を探していた。でも、どこも雇ってくれなかった」

　彼の光のない瞳が、グラスの水を見つめている。

「誰からも必要とされなかった私は、ついに妻からも、要らないものとして捨てられたんです」

目の前の寂しげなおじさんは、脆《もろ》く、弱く、触れただけで壊れてしまいそうだ。

「父から受け継いだ会社も、大切にするつもりだった従業員も、愛する息子も妻も、なにもかもを失ったんです。……すみませんね、こんなつまらない身の上話」

「いえ……」

絞り出した僕の相槌は、掠れて消えかけた。

なんだか一気に疲れた。事情を聞いただけでこんなに疲れるものか、というくらい疲れた。前屈みになったまま、体を起こせない。自分の身に起きた出来事ではないのに、引きずられるように落ちこんで、まるで背中に重石が乗っている気分だ。

一方でおもちさんは、気持ちよさそうにストーブに当たり、口を半開きにしてうとうとしている。なんでそんなに奔放《ほんぽう》なんだ。

己のことのように凹《へこ》んでいる僕を見て、谷山さんは、優しく目を細めた。

「もうこれ以上、失うものはない。だから、銀行強盗です」

それはどこか、吹っ切れた笑顔だった。

「思えば、私が大きな間違いを犯すときはいつも金が絡んでいました。金で人生を狂わせてしまったので、最後まで金で狂って終わろうと考えたんです。工場が苦しかったときに融資《ゆうし》してくれなかった銀行への復讐も込めて。手に入れた金は妻の口座に振り込んでです」

背中が重い。善良なおじさんに変なスイッチが入ってしまうには、充分な重さだ。息が詰まりそうになる僕を、彼は微笑みながらも、泣きそうな目で見ていた。

「でも、君が止めてくれました。君が私を公園に放置せずに優しくしてくれたから、踏み止まった。しかし、止まっただけ。次の手はない。私はもう、落ちていくのみです」

谷山さんは、長いため息をついた。

「こんなに、頑張ってきたのにな」

事情を聞かせてほしいだなんて軽々しく言ってしまったが、無責任だったと、少し後悔している。話したら楽になるとか、そんなレベルではなかった。この人が抱えている苦しみは、僕にどうにかできるものではない。僕は苦し紛れに、慰《なぐさ》めの言葉を探した。

「けど、強盗をやめたじゃないですか。まだやり直せますすよ」

「優しくしないでくれ。気を遣われると、余計に息苦しいんです」

下手な言葉は却《かえ》って傷つけてしまう。しかしこの沈黙も気まずい。とても放っておけないのに、なにもできない。僕までどよんとしているせいで一層空気が重くなって、ますます救いがなくなる。

そこへ、テーブルの足元にトコトコと、おもちさんがやってきた。

「小槇くん。お腹すいたですにゃ。おやつ開けてほしいですにゃ」

驚いたことに、おもちさんはこの重苦しい空気などものともせず、おやつを要求してきた。僕は顔を上げずに、おもちさんを追い払おうとした。

「おもちさん。今、大事な話をしてるのであとにしてください」

「吾輩だって大事な話ですにゃ。今すぐおやつを食べなくては、吾輩のもちもちボディを維持《いじ》できない」

「おやつはあとです」

僕がため息とともに告げると、おもちさんは不満そうに顔のパーツを真ん中に寄せた。

「小槇くんは融通《ゆうずう》が利かないですにゃあ」

僕から貰えないと分かったおもちさんは、なんと今度は谷山さんの方へと寄っていった。

谷山さんが力なく笑う。

「はは……ごめんね。おやつ、持ってないよ」

おもちさんは谷山さんを見上げてまばたきをすると、ぴょんと、彼の膝に飛び乗った。

谷山さんが短く叫ぶ。

「わっ！　驚いた」

「こら、おもちさん！　大事な話をしてるって言ってるじゃないですか」

僕はおもちさんを叱った。だが、谷山さんはおもちさんの背中に手を置いて、うっとりと呟いた。

「……ああ、あったかい」

　ストーブに当たっていた今のおもちさんは、さぞかし温かいだろう。谷山さんが頬を綻ばせる。おもちさんは谷山さんの膝の上で丸くなり、目を細めた。

「おじちゃんは、おやつ、なくても仕方ないですにゃ。誰かに分け与えるのは、自分に余裕があるときでいい。おじちゃんは自分のことだけでいっぱいいっぱいだから、吾輩におやつを分けてる余裕ないですにゃ」

　谷山さんがぽかんとしている。僕からは、おもちさんの後ろ頭がテーブルから僅かに覗いて見えるだけ。

「殊に、こんなに寒い日は、心まで冷えてしまうですにゃ。まずは体を温めないと、難しくないことまで分かんなくなるですにゃ」

　谷山さんは押し黙り、叱ろうとしたはずの僕も、口を挟めなかった。

「おじちゃんは、小槇くんと出会わなくても銀行強盗なんてしなかったですにゃ。君は、小槇くんをボコボコにするって言いながら、しなかったですにゃ。できる人じゃなかった。だったら銀行強盗もできない。猫でも分かるですにゃ」

　ああ、そうだ。公園で出会った谷山さんは、僕の肩にしがみついて震えていた。自分で買った刃物と目出し帽を見て不安に駆られてしまう人だ。

人は限界になると、変わってしまう。谷山さんもギリギリだった。だが谷山さんの理性は、まだ残っている。

「自分のことも分かんなくなっちゃうほど余裕のないおじちゃんには、吾輩がストーブでたっぷり蓄えたぬくぬくを、お裾分けしてあげるですにゃ」

おもちさんがこてんと頭を倒す。谷山さんは数秒間、焼き目模様の背中を見つめていた。やがて、震える手でおもちさんを撫でる。

「私は……猫でも分かること、忘れてたんだな……」

谷山さんは力が抜けていくように俯いて、声を潤《うる》ませた。僕からは、その表情は見えない。

「ありがとう……」

「おやつは、おじちゃんが元気になったらでいいですにゃ」

「うん。ありがとう、ありがとうね……。あったかいなあ……」

冷たい静かな夜、谷山さんの消えそうな声は、室内に滲んで溶けていくようだった。撫でてもらったおもちさんは満足げに喉を鳴らし、間延びした声を出す。

「そも、おじちゃんは頑張るのが下手ですにゃ。いっぱい頑張ってきたとしても、頑張り方が下手くそですにゃ」

「ははは。辛辣だな」

谷山さんが笑うと、おもちさんは少しだけ頭を擡げた。

「素晴らしい社長然と振る舞おうとして、新しいお仕事ではできもしないのに即戦力になろうとして、いいお父さんで、いい夫でいようとして……格好つけすぎですにゃ。そんな器でもないのに」

「うっ……！」

おもちさんの言葉が図星だったのだ。谷山さんが肩を強張らせる。厳しい評価をぶつけだしたおもちさんは、谷山さんが怯んでも止まらない。

「おじちゃんは守りたいものを守れなかったって言ったけど、おじちゃんが守りたかったのは、格好つけたおじちゃん自身ですにゃ」

「そんな、そんなことは……！」

谷山さんは言い返そうとしたが、結局、声を呑んだ。僕も、彼をフォローしようとしたものの、なにも言えなかった。谷山さん自身が、否定しない。彼は少しずつ、ゆっくりと、おもちさんの言葉を受け止めている。

「そんなことはない、とは、言い切れない。私は、自分の愛する人たちから嫌われたくなかった。でも、愛する人を大切に思っていて、守りたかったのも、本当なんだ」

きっと谷山さんは、真面目すぎたのだ。自分に厳しくしすぎてしまった。愛する人たちが心地よく過ごせるように、完璧な自分でありたかった。それができないと気づいても、周りの人に負担をかけたくなくて、なにもかもをひとりで背負い込もうとする。

だから彼は、会社が潰れかけても、新しい仕事で再スタートを切るにしても、家族がギクシャクしても、早く立て直そうとして一発逆転の起死回生《きしかいせい》を狙《ねら》ってしまった。

自分の理想から離れていく度、慌ててしまって周りが見えなくなる。単純な間違いを犯すようになって、またなにかを失う。彼は、自分で自分の居場所を窮屈《きゅうくつ》にしてしまった。

人を思いやれるのは、自分に余裕があるときなのに。

「分かるなあ……」

つい、そう声に出した。谷山さんが顔を上げる。

「君には分からない。若いし、こんなに立派に仕事をしてるんですから」

「分かるんです。だって谷山さんは、僕と似てる」

僕にも憧れがあって、未熟なのは分かっているくせに近づこうとしている。谷山さんも、そうだったのだと思う。

「僕も、立派な警察官に見えるように、ちょっと背伸びしてます」

僕が言うと、谷山さんはそのまま固まった。おもちさんが谷山さんの膝の上で立ち上がり、背中を丸めて伸びをする。

「全く、ふたりとも必要以上に苦労してそうですにゃあ。吾輩、背伸びなぞしたことないですにゃ。常に猫背、常に気の向くままですにゃ」

「ははは……おもちさんは自由にやりたいことをして、食べたいときに食べ寝たいときに寝てますもんね」

僕はおもちさんの奔放さに苦笑した。

おもちさんのこの性格が人から愛されているのは事実だ。おもちさんの飾らない態度は、見ていてほっとする。でも、人間はおもちさんほど気ままに生きるのは難しい。

「僕は不器用な人間なので、おもちさんより谷山さんの気持ちに共感します。正直、おもちさんみたいな生き方には憧れますけど」

おもちさんみたいに、媚《こ》びずにのびのびと振る舞う人は、なんやかんやで人の心を掴む。伸びをしていたおもちさんが座り直し、谷山さんに寄りかかる。僕はそのまったりした顔を眺めていた。

「おもちさんの生き方は楽しそうで羨ましいけど、そうじゃない谷山さんがダメと言いたいわけでもなくて。その生き方を否定したいんじゃなくて。誰かのためにと周りに気を配れるのは、あなたの魅力です」

グラスの内側を、水滴が滑《すべ》る。

「でも……おもちさんのようになれとは言わないけど、谷山さんがそんなに自分を追い詰めてしまうくらいなら、もっと楽になってもいいんじゃないかなって思います」

「楽に……？」

「はい。もっと人を頼ってもいいんです。実際、あなたには助けてくれた人がいた」

僕がそう言ったとき、谷山さんは、あ、と短く声を出した。

谷山さんを労《ねぎら》い、共に家を守ろうとしてきた家族。最後まで残ってくれた従業員、困ったときにお金を貸してくれた元従業員。彼のそばには、寄り添ってくれた人がいた。格好つけなくても、ポンコツの谷山さんでもいいと、一緒に険しい道を歩んでくれた人がいた。

「皆さんも、谷山さんに頼ってほしかったんじゃないかな……」

このままでは、皆が大事にしていた谷山さんが壊れてしまう。谷山さんは「もう失うものはない」などと言っていたけれど、まだここに残っている。でも彼が心をなくしたら、愛する人たちに愛されてきた、谷山さん自身を失ってしまう。

「ひとりでなんとかしようとして、ひとりで落ちていかないでください。『助けて』って言うのは、格好悪くなんかないんです」

きっとこの人にはまだ、立ち直れる道がある。ひとりでは難しくても、引っ張り上げてくれる手があれば。

「僕にもなにか、できることがあるかもしれない。困ったことがあったら、相談してください」

責任も取れないくせに、僕はそんなことを言ってしまった。谷山さんは泣き出しそうな、ほっとしたような複雑な顔をして、くしゃっと笑った。

「君、今少し背伸びしたでしょう。立派な警察官に見えるように」

「あはは、バレましたか」

「分かるさ。私と君は似ていますからね」

谷山さんは、グラスを手に取って水を口に含んだ。

「そうだな。意地を張って助けを求められず、銀行強盗なんか考える方がよっぽど格好悪い。やはり心が冷えていると、こんな簡単なことも分からなくなる」

彼がおもちさんの言葉を真似ると、おもちさんが眠たそうにまばたきをした。

「猫の手も借りたくなったら、吾輩のところへ来るですにゃ。吾輩を撫でると、幸運が舞い込んでくるらしいですにゃ」

「……うん」

谷山さんは目を細め、おもちさんを持ち上げた。ふっくらした体をぎゅっと抱きしめ、白い毛の中に顔を埋める。

「温かいなあ……」


暗かった窓の外から、ほんのりと朝日が差している。今日も、かつぶし町の夜が明けた。

後日、かつぶし交番の前に赤いバイクが停まった。

「郵便です！」

「こんにちは。お届けありがとうございます」

以前にも来たあの郵便屋さんが、かつぶし交番に郵便を運んできた。

受け取った封筒は、白地に魚の模様の、和風なデザインだった。見慣れない住所から発送されていたが「谷山武雄」という差出人名にはすぐにぴんときた。

「おおっ。谷山さんですよ、おもちさん。谷山さんがお手紙をくれました」

「む？　あのお酒のにおいのおじちゃんですにゃ？」

おもちさんはデスクの上で座っていた。僕はそのデスクで手紙を開き、谷山さんからのメッセージを読みはじめた。

あれから谷山さんは、短期の仕事で稼いだお金で奥さんと息子さんに会いに行ったそうだ。息子さんは谷山さんに新しい住所を教えずに去り、音信不通になっていたが、奥さんとはまだ電話が繋がり、居場所を教えてくれたという。

会いに行った谷山さんは、家族に謝って「やり直したい」と申し出た。息子さんからまたもや罵声を浴びせられ、縁を切ったとまで言われた。だが谷山さんが「もう一度やり直すために、力を貸してくれ」と頭を下げると、奥さんが仲裁《ちゅうさい》に入り、息子さんからチャンスを貰えたという。

谷山さんは現在、息子さんが契約したアパートに身を寄せている。息子さんが決めた期限以内に新しい仕事を見つけ、息子さんが決めた期間以上勤められたら、家族の一員に戻れるそうだ。今までは製造業にこだわっていたが、今度は全く知らない業界にも応募しようと考えている。ただしその前に、心と体をしっかり休めてから、と奥さんからも条件を出されており、今は彼女のアドバイスに従ってカウンセリングを受けている……そう書かれていた。

彼はまだ、新しい就職先を見つけられていない。でも、確実に一歩を踏み出した。

「良かった。このまま再起できるといいな」

僕は読み終えた手紙を折りたたみ、おもちさんの頭を撫でた。

「おもちさんのおかげかなあ。谷山さん、おもちさんと話して元気が出たみたいでした」

「はて。吾輩、なんて言ったかあんまし覚えてないですにゃ」

おもちさんは興味がなさそうに、後ろ足で首を掻いている。

「あのとき小槙くん、『おやつはお話のあと』って言ったですにゃ。だから吾輩、お話が終わるの待ってただけですにゃ」

僕はおもちさんの顔を二度見した。あの夜、おもちさんは谷山さんの膝に乗って彼に語りかけていた。あれはおもちさんなりに、谷山さんになにかを気づかせようと、彼の背中を押そうとしていたのだと思っていたのだが、違ったらしい。どうやらただ谷山さんの話の感想を言いながら、おやつを貰えるのを待ちわびていただけのようだ。

「な……なんて自由なんだ。まあでも、結果的に谷山さんは立ち直ろうとしてるし、いっか……」

「は！　そういえば、元気になったらおやつくれる約束だったのに、おじちゃん遠くに行っちゃったですにゃ！」

「それは覚えてるんですね」

かつぶし町に冬が来た。谷山さんの封筒に書いてあった住所は、今日も雪の予報らしい。

今の谷山さんが、あの夜より暖かい場所にいてくれたらいいなと、僕は胸の奥で願った。

雪のかつぶし町

十二月も半ばに差し掛かる頃。雪が降らない土地と名高いかつぶし町に、雪が降り積もった。しかもここ三日、連続である。ふわふわのかき氷みたいな雪がずっと、一秒も止まずに降り続けているのである。かつぶし町らしからぬ天気だ。

スリップ事故の書類を書いていると、ふいにボリボリと嫌な音が聞こえてきた。音の出処を振り向くと、おもちさんが壁で爪を研いでいる。

「あ！　こら！」

僕はすぐさま、おもちさんを取り押さえた。

「壁をぼろぼろにするのやめてください。爪研ぎあるんですから、そっちでやってくださいよ」

事務室の隅っこに、壁に立てかけた猫用爪研ぎがある。確保されたおもちさんに、反省の色は全くない。

「壁が吾輩を呼んだですにゃ」

「呼んでません。やめてください」

おもちさんは、たまにこういう猫らしいいたずらをする。僕はこれ以上悪さをしないように、おもちさんを連行してデスクについた。そこへ、給湯室でお茶を淹れていた笹倉さんが、事務室に戻ってきた。

「おもちさん。良い子にしないと、サンタさん来ねえぞ」

「む！」

途端に、おもちさんは耳と尻尾をぴんと立てた。

「まだ間に合うですにゃ？」

「仕方ねえな。今からちゃんとお利口さんにできるなら、俺がサンタさんに口利きしてやるよ」

笹倉さんがそう言うと、おもちさんは僕の膝の上でお行儀よくエジプト座りになった。この時期はこれが使えるからありがたい。

かつぶし交番には、クリスマスイブの夜に寝ているおもちさんの傍らにプレゼントを置く伝統がある。

毎年このくらいの時期になると、町の人や署の仲間、僕ら交番の職員たちから、おもちさんへのクリスマススペシャルおやつが集まってくる。それをまとめて、イブの夜に当直に当たった職員が、おもちさんの寝顔の横に置くのだ。

そんなわけで、おもちさんはサンタクロースの存在を信じている。おかげで「サンタさんが来ない」と言われると、おもちさんはいたずらをやめるのだ。ただし、サンタに良い子か否かを振り分けされる期間は、十二月一日から二十四日までの間と教えられているらしい。査定期間を一年間にしてくれれば、年中サンタさんを盾《たて》にできたのに。

この伝統は、誰がいつ始めたのか誰も知らないくらい長く続いている。だがこれまで一度もおもちさんに正体を見破られていない。交番の職員なんてよく入れ替わるものなのに、先輩たちはおもちさんのサンタクロースを受け継いでいき、何世代にも亘って秘密を守り抜いてきたのだ。

因みに、今年のクリスマスイブの当直は僕だ。今年のサンタ役である僕がポカをやっておもちさんにバレてしまったら、これまでの先輩たちが築き上げてきたものが水の泡になってしまう。絶対に失敗できない。

「しかし疑わしいものですにゃ。サンタさんは世界中にプレゼントを配っている心の広い人ですにゃ。壁で爪を研いだくらいで怒るケチんぼとは思えないですにゃ」

おもちさんが言うと、笹倉さんは仕事に戻りつつおざなりに返した。

「いいや、サンタは良い子に優しいぶん、良い子以外にはドケチだぞ。あいつとは昨日も飲んだが、サンタは俺の倍は飲んでおいて飲み代は割り勘《わかん》だ」

あまりに自然に嘘をつく。さらっとかます笹倉さんみたいな人がいるから、おもちさんもサンタの存在を疑わないのかもしれない。

おもちさんは膝の上から僕を見上げた。

「小槇くんは、サンタさんからどんなプレゼントを貰うですにゃ？」

「僕のところにはサンタさん来ないんですよ。サンタさんは、子供のところにしかプレゼントを運んで来ないんです」

僕が微笑みで返すと、おもちさんは金色の目を真ん丸に見開いた。

「なんと!?　小槇くんより吾輩の方が年上なのに。吾輩のところには、サンタさん来るですにゃ」

そういえば、おもちさんはこの町のお年寄りよりも長生きなのだった。おもちさんはわなわな震えている。

「吾輩の方が大人なのに、小槇くんのところにはサンタさんが来ない。すなわち……来ない理由は大人だからではなくて、小槇くんが良い子じゃないからですにゃ」

「……かもしれませんね」

「小槇くんはこんなに善良なのに、それでもサンタさんは良い子と見做《みな》していない。査定が厳しいですにゃ……」

そんなつもりはなかったが、これでおもちさんはより一層いたずらを控えてくれそうである。おもちさんは僕を気の毒そうに見て、膝から下りた。

「作戦を考えるですにゃ」

丸い後ろ姿が去っていき、事務室から消えた。休憩室にでも行ったのだろう。笹倉さんは僕と顔を見合わせてから、ふっと笑った。

「あいつ、お前さんにサンタが来ないの、相当衝撃だったみたいだな」

「素直でかわいいところありますよね。真剣にサンタさんを信じてる」

僕はそう言ってから、笹倉さんのスマートな冗談を反芻した。

「けど、笹倉さんなら本当にサンタさんと飲み友達かもしれないなって、ちょっと思っちゃいました」

なぜだろうか、笹倉さんとサンタクロースが居酒屋で酒を酌み交わす姿が、やけに鮮明に想像できる。大抵のことには驚かない大物な笹倉さんなら、サンタクロース相手でも対等に付き合っていそうなのだ。

くすくすと笑う僕に、笹倉さんは意外そうに言った。

「小槙、まさかサンタに会ったことないのか？」

「へ？」

「かわいそうに。次回はお前も飲みに連れて行ってやるよ」

あまり冗談っぽくない口調で言って、笹倉さんはお茶を啜《すす》った。

笹倉さんは普段から、冗談なのか本気なのかが分かりにくい人である。今回のこれは流石に間違いなく冗談、のはずだが、こんなふうにあっさり言われると妙にリアリティがある。考えてみたら、おもちさんみたいな非科学的猫がいるのだし、笹倉さんがサンタクロースと友達というのもあり得るのかもしれない。……なんて、僕までおもちさんと同じく惑わされそうになった。

笹倉さんが卓上カレンダーを手に取る。

「クリスマスまであと数日か。今年はホワイトクリスマスかもしれねえなあ」

「そうですね。こんなの初めてですよ」

僕は窓の外の雪景色に目をやった。粉雪が今もなお、しんしんと降り続いている。

笹倉さんの息が、湯のみから立ち上る湯気を歪ませる。

「こんなに降ったの見たことねえな。異常気象だ」

雪が降らないかつぶし町に、雪が降る。これだけでも珍しいのに、この天気はかつぶし町に限った問題ではなかった。

今月の頭くらいから、気象庁でも予測できなかった強烈な冷え込みと謎の雲が列島を襲っている。異様な寒さが続いたと思ったら、今度は大気の流れを無視した変な雲が関東圏上空に出没し、そのまま広がり続け、今では本州の大半を覆っている。おかげで毎日が雪だ。笹倉さんの言葉を借りれば、異常気象だ。

窓の外には、止まない雪がふわりふわりと舞っている。細かくて柔らかい雪だが、こんなか弱い雪でもゆっくりと地面に積もって、徐々に層が厚くなってきている。

「あの雲、ずっと留まってますね。晴れてくれないと、雪かきしても賽《さい》の河原です」

雪が珍しいこの町が白く染まり、町の人々は大はしゃぎだった。僕も積もった雪は旅行先でしか見たことがなかったから、嬉しくなって交番の前に小さい雪だるまを作った。

しかし雪の影響で事故が増えているから、喜んでばかりもいられない。僕ら警察官はいつにもまして忙しくなった。おもちさんはというと、雪が降るようになってから外に出たがらなくなり、パトロールについてこなくなった。

天気予報は、数日先まで雪マークである。このまま雪雲が滞留し続けるなら、笹倉さんの言うとおり、今年のクリスマスは雪が降る。

笹倉さんが口元で湯のみを傾け、険しい顔をした。

「クリスマスに雪が降ったら、サンタは大変だよな。屋根のないソリで空を飛んでんだぞ。しかもプレゼントという、濡らしたらいけない大荷物を積載《せきさい》してる」

「そうだった。無事を祈りましょう」

とりあえず僕は、笹倉さんの冗談に乗っておいた。

「そうだ、笹倉さん。お酒を飲んだあと、サンタさんがソリに乗ったら飲酒運転になるんですか？」

「なるなる。だからあいつは徒歩で帰るぞ」

笹倉さんも、慣れた様子で冗談で返してきた。

雪が降るようになってからというもの、交通事故だけでなく、除雪作業中に怪我をして動けなくなる人が出たり、古い物置小屋が雪の重さで潰れたりと危険が増えた。学校が休みになった子供たちが浮かれるあまりに度を越したいたずらをして、騒ぎを起こすこともあった。異常事態が続き、町は混乱している。僕らはパトロールを強化して、町に潜む危険に目を配っている。

今日は僕は非番である。夜勤を終えて笹倉さんに業務を預け、午後は休みになる日だ。少しでもパトロールの時間を増やそうと、上がる前にもう一度、町を巡回する。引き戸の外に広がる白に、僕はため息をついた。雪はまだ続いている。あんなに珍しかった雪景色も、今では見飽きてしまった。

出かけようとしたら、休憩室に引っ込んでいたおもちさんが戻ってきた。僕の足元に、ぴたりとくっついている。

「一緒に来ますか？　久しぶりですね。ここのところ寒いからついてこなかったのに」

「猫は気まぐれゆえ。気が向いたですにゃ」

数日ぶりの、おもちさんの外出である。

「嫌になったら、小槇くんが抱っこしてくれるですにゃ」

「仕方ないなあ」

交番の前にも雪が積もっている。一面真っ白だ。朝には立番をしていた僕や、登校していた子供たちの足跡があったのだが、降り続ける雪にリセットされた。

おもちさんは嫌そうな顔をしつつも、白い地面へと一歩を踏み出した。雪の上にぽんと、肉球型の足跡がつく。一歩先を歩くおもちさんに、僕は声をかけた。

「滑るから気をつけてくださいね」

「冷たいですにゃ。歩きにくいですにゃ」

おもちさんの足跡が、狭い歩幅でたくさんスタンプされていく。

曇天《どんてん》からは細かい雪が降ってくる。傘を差すほどではない、ふんわりとした綿みたいな雪だ。細かい雪の粒がおもちさんの背中に降りかかる。白くて丸い体に雪がかかると、粉砂糖をまぶしたお菓子のように見えてくる。今はおもちさんというより、スノーボールクッキーさんである。

商店街のアーケードは雪を被り、神社の木々は白く染まっている。住宅街は旅番組で見たような異国情緒のある風情に変わり、海辺も、これまで見せていたこの町の海とは別物に思えるほど銀色だった。

おもちさんは、松並木の下を歩いている。落ちているマツボックリを前足でつついては転がし、別のマツボックリをつついては咥え、それを捨ててまた別のマツボックリに持ち替えたりしている。どんな遊びなのか僕にはよく分からないけれど、おもちさんはなにやら真剣にマツボックリを転がしているので、邪魔はしないでおいた。

そのうち、おもちさんは積雪の厚いところに踏み込んでしまった。

「ぎゃ！」

短い悲鳴と共に、おもちさんの体が雪の中にずぼっと嵌まる。短い足と膨れたお腹は雪に埋まってしまった。咥えていたマツボックリも、口からころんと転げ落ちてしまった。

「な、なんと！　足を取られたですにゃ。なんということですにゃ」

頭と背中と尻尾だけを雪から覗かせて、おもちさんが動揺《どうよう》の声を上げる。動けなくなっているおもちさんは、かわいそうだけれど面白くて、僕は笑いを堪えきれなかった。

「大丈夫ですか……ふふっ。今助けてあげますね」

「おのれ、雪。最初から憎たらしかったけど、もう許さないですにゃ。小槙くん、あとは抱っこですにゃ」

埋まったおもちさんを救出すると、おもちさんはマツボックリを拾って、僕の胸にひしっとしがみついて離れなくなった。おもちさんの足とお腹は雪で濡れていたが、高い体温のおかげで徐々に乾いていき、温かいおもちさんはカイロ代わりになった。

もうすぐ交番に着く、そんなときだった。僕は、防波堤の上に座り込む女の子の姿を見つけた。

編み込まれた長い髪は、月のようなプラチナブロンドである。それが、彼女の身を包む白と淡いブルーのコートと共に海風に吹かれ、ぱたぱたと揺れていた。

僕は雪に足を取られながら、彼女の元へ歩み寄った。

「防波堤に上ったら危ないですよ」

声をかけると、彼女はこちらを振り向いた。

中高生くらいと思われる、若い女の子だ。僕を映す瞳は、透き通るような秘色色《ひそくいろ》。胸のあたりまで垂れた白金のおさげ髪と相まって、幻想的な印象の少女である。肌は色白ではあるが、頬には赤みが差しており血色が悪いわけではない。顔立ちを見ても、どうやら日本人ではないようだ。

「危ないからそこから下りて……って、日本語で通じるのかな。英語でなんて言うんだろう。いや、この子の言語が英語とも限らないか」

僕がもたついていると、女の子は口を開いた。

「スーニャ、にぽん語、分かる」

「あ、良かった！　通じた」

辿々《たどたど》しくはあるが、女の子は懸命に日本語で話し出した。

「スーニャ、捜し物ある。高いとこから捜す、見つかる思った。この石の壁、下の海、見える」

どうやら彼女の名前はスーニャというらしい。彼女はなにかを捜しており、海岸を見渡すために防波堤に上っていた、と言いたい様子だ。だからといって、そこは上ってはいけない。

「危ないから、下りてね」

僕は彼女に伝わりやすいよう、シンプルな言葉で短く伝えた。スーニャはこくこくと頷きながら、幅の狭い防波堤の上にすっと立ち上がった。

「にぽん語分かる！　あなた、にぽんのおまわりさん」

「危ない！　立っちゃだめ。下りて」

日本語が分かるといっても「下りて」が通じない。会話はすらすらとはいかない。僕はおもちさんを抱えたまま、スーニャに手を差し出した。これで分かってくれたようで、スーニャは僕の手を取り、それを支えにしてぴょんと防波堤から飛び降りた。

高いところから下りたスーニャは、背丈が僕の胸の高さくらいの、小柄な少女だった。

彼女は銀色がかった青い瞳で、僕を真っ直ぐに見上げる。

「スーニャ、捜し物してる。おまわりさん、捜し物見つける」

「なにを捜してるの？」

「宝物。スーニャと家族の、大事なもの」

スーニャは拙い日本語で、必死に伝えてくれた。

「遠い遠い北の国、雪が毎日の村から来たワタシ、スーニャ。スニェグーラチカの村、秘宝ないないした」

「えーっと、スーニャは遠い国のスニェ……なんとかっていう村の子なのかな。それで、村の秘宝がなくなっちゃったんだ」

「うん！　おじいちゃんこの国に、秘宝、間違って持ってきた。スーニャが間違えた。おじいちゃんの荷物に、秘宝入れた」

スーニャのおじいちゃんはこの国に来ており、スーニャはおじいちゃんの出発前に、間違えておじいちゃんの荷物の中に村の秘宝を入れてしまった。と言いたいようだ。

「秘宝ないない、村、雪なくなった！　スーニャ怒られた。おじいちゃん捜して、秘宝持って帰る」

秘宝が失われたスーニャの村は、雪が降らなくなった。おじいちゃんの荷物に秘宝を忍ばせてしまったスーニャは村の人々から叱られ、この国に来ているというおじいちゃんを見つけ出し、秘宝を回収せねばならない、と。

秘宝がなくなると村に雪が降らなくなる、というのは多分、村の言い伝えかなにかだ。秘宝が村から消えるのは縁起の悪いことであり、一刻も早く村に持ち帰らねばならないのだろう。

　僕はずり落ちるおもちさんを抱え直し、スーニャに訊ねた。

「おじいちゃんは今、かつぶし町にいるの？」

「いるはず。雪、ここ、強い。雪いっぱいのとこに秘宝ある」

　スーニャは秘宝が雪を降らせると信じているようで、雪が多いところに秘宝がある、すなわちここにおじいちゃんがいると考えているみたいだ。根拠が曖昧なのが気がかりである。

　ともかくこの子は訳ありのようなので、署で保護したい。

「それじゃあ、一旦僕ら警察と一緒におじいちゃんを捜そうか。今から一緒に警察署に行こうね」

「ケイサツショ？　おじいちゃん、そこにいる？」

「いないだろうけど、一緒に捜してくれる人たちはいるよ」

「スーニャ、おじいちゃん捜してる。おじいちゃんいないとこ行かない」

　そう言うと、スーニャはすたすたと歩き出してしまった。放っておくわけにはいかず、僕はその背中を追いかける。

「ええっと、じゃあ、その秘宝ってどんなものなの？　もしかしたら、落とし物として警察署に届いてるかもしれないよ」

スーニャが少しでも警察署に行く気になるよう、話の切り口を変えてみた。スーニャは立ち止まり、手をぐるぐる回した。

「秘宝、ペンギン、回る回る」

「ん……全く分からないぞ」

「回る、雪が降る……」

スーニャは松の並木の下からマツボックリを拾い、それをクレヨン代わりにして、雪の上に絵を描き始めた。

縦に細長いドーム状の線が描かれ、その上の方には目とくちばしがある。先程のスーニャの言葉から想像するに、これはペンギンだろう。そしてそのペンギンの頭には、倒れたL字のアンテナのようなものが描き足された。

スーニャはこの頭から生えている部位を指差し、「回る」と言った。

「ペンギン、雪、降る」

しゃがみこむスーニャが僕を見上げている。僕はこの絵を見て呆然とした。おもちさんも、マツボックリを咥えたまま、同じ絵を眺めている。

どう見ても、ペンギン型のかき氷器だ。

顔の部分に氷を入れてお腹に器を設置して、頭にあるL字形のハンドルを回すと、入れた氷が削られてさながら雪のような粒になり、器の中に落ちてくる。昔ながらのポップなかき氷器だ。

村から失われてはいけない秘宝という神秘的な雰囲気とは裏腹に、ペンギンのかき氷器。これが秘宝とは思えない。僕はスーニャの言葉を聞き間違えたのだろうか。

「この秘宝ある場所、永遠に雪降る」

スーニャは自分で描いたかき氷器の絵を指さした。

「おじいちゃん、この国の都会の空港に着いて、それからこの町、来た。空の雲、秘宝あるとこについてくる。スーニャの村からずっと、おじいちゃんについてきてる。だからスーニャの村、雪なくなった」

「えっ、ええ？　なに？」

「場所に定着すればするほど、雲、広がる、大きくなる。そのうち、この小さい島国、全部包む」

どんどん話が見えなくなってくる。僕はおもちさんを抱え直し、スーニャの説明を自分なりに噛み砕いた。

スーニャの村の秘宝、ことペンギンのかき氷器は、置かれた場所の上空に雪雲を発生させる。そのかき氷器は、日本にやってきたおじいちゃんの荷物に紛れ込んだため、スーニャの母国から日本に雪雲を連れてきてしまった。……というのだろうか。

そう言いたいのだとしたら、ちょっと非現実的すぎやしないか。しかしスーニャの言うとおり、雪を降らす雲は最初は関東に現れ、規模を広げはじめた。スーニャの話は辻褄が合っているが、だがかき氷器ひとつでそんな訳の分からない事態が起こるだろうか。

困惑する僕を見て、スーニャはしょんぼりと俯いた。

「残念。スーニャ、にぽん語話しはじめた頃より上手くなった。でも伝わらない。分かってもらえない」

そして青い目にじわりと涙を溜める。

「スーニャ嘘ついてない」

「ああっ、泣いちゃった。ごめんね、疑ってるわけじゃなくて……」

そのとき、署から無線が入った。商店街でトラブルが起きており、近くの警察官に出動を求めている。直後、笹倉さんからも通信があった。

「小槙、どの辺にいる？　俺は別の案件に対応中だ。商店街の件は、お前が行った方が早い」

「それが、こっちも……」

しかし僕が返事をする前に、スーニャはとぼとぼと立ち去ってしまった。一部始終を見ていたおもちさんは、僕の腕をすり抜けて雪の上に着地した。あんなに雪を憎んでいたのに自ら下りて、スーニャの後ろ姿を追いかけていく。

「おもちさん、スーニャをお任せしていいですか？」

僕が声をかけると、おもちさんはちらっとだけ振り向いて、スーニャの方へと駆けていった。マツボックリを咥えているせいで喋ってくれないが、どうやら僕の代わりにスーニャについていてくれるらしい。

たとえおもちさんでも、いてくれればスーニャひとりよりは心強い。僕は無線で指示されたとおり、商店街へと向かった。


トラブルが起きたのは、商店街の雑貨店だった。客と店主が店内で揉めている。

「今日の入荷だって約束だったじゃない！　姪《めい》は今日しか遊びに来られなくて、しかも今日が誕生日なのよ。プレゼントを台無しにしたんだから、代金を返してよ」

「しかし、入荷したら改めてお渡しするんでしょう？　返金するなら商品もお渡しできませんよ」

「でも『通販で買えば間に合わないが、ここで買ってくれれば当日に渡せる』ってあなたが言ったのに！」

雪で物流が止まったためにお店に商品が届かず、約束の日に約束の品が間に合わなかったらしい。お客さんは「詐欺だ」と怒って、警察に通報したという。

この場合は詐欺には当たらないが、お客さんの怒りも分からないこともない。僕たち警察というのは、犯罪ではないのなら折半《せっぱん》をしなくてはならない。どちらにも肩入れせず、話し合いがスムーズに進むように補助するだけだ。

話し合いが平行線を辿っている途中、お客さんの携帯電話に親戚から連絡が来た。雪の影響で交通機関が止まってしまい、遊びに来られなくなったらしい。プレゼントは間に合わなかったが本人も来ないと知ると、お客さんは大人しくなってこの件は丸く収まった。

一件落着してお店の外に出る。頭を過ぎるのは、泣きながらいなくなったスーニャのことだった。おもちさんがついていてくれるが、心配だ。

と思ったら、そこにまさにスーニャとおもちさんが通りかかった。スーニャは先程までの涙はどこへ行ったのか、けろっと泣き止んでメンチカツを食べながら歩いている。「お惣菜のはるかわ」の人気メニューだ。晴れやかな笑みを浮かべて、メンチカツをサクサクいわせている。おもちさんはマツボックリを咥えて、スーニャの横を歩いていた。

きらきらしたブロンドの髪の異国の少女が、ノスタルジックな商店街を、メンチカツを食べながら歩いている。それも、ぽよぽよに太った日本猫と共に。おいしいメンチカツで頬を膨らませている彼女は、この風景の中で浮いているのに馴染んでいる。

ひとまずスーニャがご機嫌になっていて良かったが、彼女にかき氷器を抱えている様子はない。となれば、まだ解決はしていない。

　僕は一度出た雑貨店に、もう一度入った。

「あのー、すみません」

「えっ、さっきのおまわりさん？　まだなにか……」

　びくっとする店主に、僕は問いかけた。

「トラブルとは別件なんですけど、このお店、かき氷器はありますか？　こう、昔ながらのペンギンのかき氷器なんですけど」

　スーニャの話を聞いたとき、僕は「村の秘宝」だと解釈したが、実はスーニャはそんなことを言おうとしたのではなかったかもしれない。彼女は日本のかき氷器が欲しくて、どこに売っているのか探していたのではないか。

　永遠に雪が降るとか雲がついてくるとか、そういう点は一旦置いておいて、まずはスーニャにかき氷器を見せてみようと思ったのだが。

「かき氷器？　今の時期はないですよ。夏のうちに一掃セールで売っちゃいましたので、在庫もありません」


　真冬にかき氷器は売っていなかった。

トラブルは収束したので、交番に戻って書類を書こうとしたのだが、またもや無線で指令が入った。次は住宅地だ。男性が除雪作業中に、屋根から落ちてきた雪の塊の下敷きになったらしい。家族が救助を求めて、一一〇番した。消防も向かっているが、雪で渋滞していて遅れそうとのことだ。

現場にいちばん近い僕も、身ひとつで駆けつける。通報のあった家へ行くと、雪に埋まって足だけ外に出している男性と、その雪をスコップで退かす五人の家族の姿があった。この家の息子さんらしき若い男性が、慌てた顔で僕にスコップを手渡してきた。

「おまわりさん来た！　父さんが埋まっちゃったんです。はい、これ使って」

「お借りします。お父さん、意識はありますか？」

「足を動かしたり、もごもご声を出したりしてます」

その後、僕もスコップを借りて一家と協力し、お父さんを救出した。お父さんは命は無事だったし意識もはっきりしていたが、雪の重みで骨が折れていてもおかしくない。彼は到着した救急車で搬送《はんそう》されていった。一家の半分くらいが付き添いとして救急車に乗っていったが、僕にスコップを貸してくれた男性は残っていた。

「おまわりさん、助かりました。ありがとう」

「いえいえ、なによりご家族の皆さんのおかげですよ」

「父さん、雪にかき氷のシロップかけて食べるなんて言ってふざけてたのに、あんなことに……」

お父さんが無事で安心したのか、男性は冗談混じりに言った。かき氷と聞いて、僕はまたハッとする。そういえば、スーニャはどうしているのだろう。


お父さんの救出も済み、僕は交番に向かった。続けざまに雪関連のアクシデントが起こって、おもちさんではないが、雪が憎たらしくなってくる。

商店街の外れの和菓子屋さん、「福もち堂」の前を通ると、店先におもちさんがいた。マツボックリはまだ捨てていない。

「おもちさん、スーニャについててくれてありがとうございます。おじいちゃんとかき氷器は見つかりそうですか？」

僕が訊ねると、おもちさんは律儀にマツボックリを置いた。

「捜してないですにゃ。あの子、今はかつぶし町のおいしいもの食べるのに夢中ですにゃ。吾輩がおすすめのお店を教えてあげてるのですにゃー」

「捜してないんですか!?」

「ですにゃ。それより小槇くん、小槇くんのおすすめかつぶし町グルメはなんですにゃ？

『お惣菜のはるかわ』さんのメンチカツ、お肉屋さんのお持ち帰り焼き鳥串、お魚屋さんのパリパリ魚チップス、漁港の海鮮丼はもう行ったですにゃ」

「すごくたくさん食べてるなあ。そうだな、大体出揃ってるけど……町中華の『喵喵《ニャオニャオ》軒』の回鍋肉《ホイコーロー》、あとごま団子。おいしかったですよ」

おもちさんにつられて、僕まで呑気に食べ物の話をしてしまった。

しばらくすると「福もち堂」の戸が開いて、中からスーニャが出てきた。手にはお菓子の入った紙袋と、もう片手に串団子を持っている。彼女は串団子に早速かぶりつき、恍惚《こうこつ》の表情を浮かべた。

「んー！　フクースナ！」

彼女の国の言語だろうか。聞き慣れない言葉だったが、なんと言っているのかは想像がつく。

スーニャは今、かつぶし町グルメに夢中らしい。となると、もしかして彼女の目的は食べ物、つまりかき氷器ではなくかき氷を捜しているのでは。しかし真冬にかき氷を提供してくれる店があるだろうか。いや、お店を探しているのだとしたら、防波堤から海岸を眺めたりはせず、建物がある場所を探すはず。

あれこれ考えてみたが、いずれにせよ秘宝の位置と雪雲が連動するという話には結びつかない。頭の中だけで考えて捏《こ》ね回しても答えは出ない。改めてスーニャと向かい合って、彼女の言いたいことをきちんと聞いてみないと分からない。

「スーニャ、おじいちゃんと秘宝の話、もう一度聞かせてくれる？」

「イイヨ。スーニャ、スニェグーラチカ、村の秘宝捜してる」

スーニャは煩わしそうな顔ひとつせず、ゆっくり丁寧に話してくれた。

「おじいちゃん、荷物に秘宝交ざった」

「うん」

「荷物、にぽんの子供たちへの……」

スーニャがなにか言いかけたときだった。商店街を突き抜ける、大声が響いた。

「泥棒だ！　捕まえてくれ！」

やや嗄《しわが》れた、おじいさんの声だ。僕もスーニャもおもちさんも、声の方を振り向く。五十メートルほど向こうに、転んだおじいさんと彼の元から走ってくる男の姿があった。男は肩に白い風呂敷《ふろしき》包みのようなものを担いでおり、それがおじいさんの荷物と思われた。走って逃げる男に、町の人たちが驚いた顔で固まっている。突然のことで、咄嗟に動けないのだ。

異様な事態に、スーニャが青ざめた。

「わお!?　あれ、なに!?」

その横ではおもちさんが、不愉快そうに尻尾を揺らしている。

男は堂々と風呂敷包みを担いで走ってくる。そして警察官の制服を着た僕に気づくと、きゅっと立ち止まって逃げ道を探した。

僕は男の元へと走り出した。男は狼狽《ろうばい》して引き返そうとする。

「くそ……！　なんでよりにもよって警察が」

「待て！」

逃げる男に手を伸ばし、僕は風呂敷包みを掴んで引っ張った。男は焦った顔で歯を食いしばり、風呂敷包みを捨てる。はずみで結び目が解けて、商店街の地面に中身を吐き出した。きゃあっと、スーニャのものと思われる甲高い声がする。

僕は男の袖を捕まえてこちらを向かせ、腕を取って引き付けた。胸ぐらを掴んで男の懐に入り、そして男を背中から前方へと投げる。男の体は、地面に叩きつけられた。

周辺からわあっと声が上がる。男は突然自分の体が浮いて驚いたのか、仰向けに倒れたまま目を瞠っていた。なにが起きたか分からないといった顔である。

僕は男を取り押さえつつ、無線で署に連絡をした。同時に、取り返した荷物が心配で、そちらを見る。そして、そこに広がる光景に、ぎょっと目を剥いた。

広がった風呂敷を中心にして、ぬいぐるみやゲーム機、折りたたみの三輪車と、大量のおもちゃが散らばっているではないか。それをおもちさんと中腰のスーニャが並んで眺めている。

なんだ、あれは。あのたくさんのおもちゃが、おじいさんの手荷物だったのか。

僕に押さえ込まれている男が、震える声で言った。

「ご、ごめんなさい。魔が差してしまって……」

もう抵抗する気力すら失っているようだ。

「あのおじいさんが、風呂敷におもちゃ詰めてるの、見えたから……人気のゲーム機とかあったし、転売すれば儲かると思って……」

「続きは署でお願いします」

僕が男の言葉を遮ると、彼は一層身を強張らせた。

そこへ、おじいさんがよたよたと歩み寄ってきた。

「ありがとう、ありがとう。あれは福祉施設の子供たちに贈るプレゼントなんだ。危ないところだった」

「そうだったんですね。取り返せて良かった」

両手を合わせて拝むおじいさんに、僕は笑顔で返したのち、顔を引き攣らせた。

「あの……地べたに落ちちゃったので、壊れてしまったかも……」

「いや、そんなのは大丈夫さ。なんとでもなるよ」

そんな会話をしている後ろで、スーニャの歓声が上がった。

「あったー！　村の秘宝！」

「ええっ⁉」

僕は勢いよく振り向いた。散らばったおもちゃの中から、スーニャがかき氷器を見つけて掲げている。ペンギンのデザインの、昔ながらのかき氷器だ。おもちさんも心なしか満足げに目を細めている。他人の荷物で遊んでいるふたりに、僕は慌てて声を投げた。

「あっ、こら！　それはおじいさんの……」

そして、はたと気づく。スーニャの持つかき氷器は、ハンドルが勝手に回っている。スーニャが回しているわけでもないのに、自動で猛回転しているのだ。

スーニャがそのハンドルを、手できゅっと押さえた。

「あのね、猫さん。この回るの止めると、雪、止む。ほっとくとどんどん速くなる。速くなると、雪、強くなる」

「ふむ。そのまま押さえてるですにゃ。吾輩、もう雪はこりごりですにゃ」

不思議なやりとりをしているスーニャとおもちさんの元へ、おじいさんが歩み寄っていく。

「おや、スーニャ。来てたのか」

「おじいちゃん！　スーニャ、おじいちゃん追ってきた」

なんと、スーニャのおじいちゃんは、この荷物の持ち主のおじいさんだった。ふたりはなにやら母国語で会話をしたのち、おじいさんは散らばったおもちゃを風呂敷にまとめ直した。そしてかき氷器だけをスーニャに預け、風呂敷を縛る。彼は僕の方を向いて、にこりと微笑んだ。

「本当にありがとう。すまないが、私は急ぐので、これで」

「もう、おじいちゃんたら！　そんなに急がなくても、クリスマス、まだ何日も先！」

スーニャがかき氷器を抱えて叫ぶが、おじいさんは言葉どおり急いで去ってしまった。僕はまだ彼と話したかったが、泥棒を取り押さえていて身動きが取れない。

むくれるスーニャとスタコラ立ち去るおじいさん、ざわつく町の人たちと、ぽかんとする僕。それをおもちさんだけが、にんまりした顔で見守っていた。

数分後、付近を巡回していたパトカーが到着した。泥棒をパトカーに引き渡せば、これで僕の仕事も終わり……ではない。書類仕事がまた増えた。折角の非番日だったが、まだ帰れそうにない。

泥棒をパトカーに乗せていると、ふいに視界の端におもちさんが入った。なにやら上を見上げている。僕もその視線を辿り、宙を仰いだ。

真冬の青空を、なにかの影が横切っていく。鳥かと思ったが、それにしては形が違う。馬車、いや、船にも見えるが、そのどれでもない。

強いて言うなら、トナカイが引くソリ……。

「全く、まだ日があるというのに大急ぎで。慌てんぼうさんですにゃあ」

おもちさんがぽつりと呟く。

そういえば、いつの間にか雪が止んでいる。雲が消えた空に、不思議な影が消えていく。

僕はぼんやりと、笹倉さんの飲み友達のことを考えていた。


あれから数日。空に留まっていた発達した雲はきれいに消えて、からっと晴れている。積もっていた雪もとっくに溶けた。二十五日を迎えたかつぶし町は、ホワイトクリスマスにはならなかった。

夜勤明け、パトロールついでにお昼ごはんを買いに、僕はかつぶし商店街を訪れた。このところ、お惣菜屋さんに出向く度、店番の春川くんに絡まれている。

「背負投一本、現行犯逮捕！　すげえ、小槇さん！　おまわりさんみたい！」

「『みたい』じゃなくて、おまわりさんですー」

人伝《ひとづて》に聞いたらしく、からかい半分にこの件を持ち出してくるのだ。

「おもちさんと散歩してるイメージしかなかったからびっくり。俺も現場で見たかったなあ」

「散歩じゃなくてパトロールだし……」

でも、こんなふうに言ってもらえるのは、僕が自分で思い描いた理想の警察官に近づけている証なのかもしれない。

春川くんは僕の反応を楽しんでから、メンチカツを詰めたパックを輪ゴムで止めた。

「おもちさん、サンタさん来た？」

「無事に来たよ。今朝、早速スペシャル猫缶食べてる」

昨晩、当直の僕はおもちさんのサンタクロースという大役を成し遂げた。おもちさんがなかなか寝てくれなくて少し手こずったが、一時を過ぎた頃にぱたんと爆睡したので、起きてしまう前に急いでプレゼントを置いた。スペシャルおやつ詰め合わせと添い寝するおもちさんの寝顔は、なんだかいつもよりも幸せそうに見えた。

「サンタさんを楽しみにしてたのに、なぜか寝なくてちょっと焦ったよ。寝ないとサンタさん来ないって言っても、頑張っちゃってね」

僕が苦笑いすると、春川くんは腕を組んで頷いた。

「分かるかも。俺もサンタの正体を見破ろうとして、クリスマスイブは夜更かしした」

「もしかして、おもちさんもそうだったのかな。正体を確かめようと……だとしたら、おもちさんはサンタさんの存在を疑いはじめてるのかな」

「やべー！　来年から緊張感増してくるぞ」

春川くんは楽しそうに笑って、メンチカツのパックを僕に差し出した。

改めて、町をパトロールする。商店街のアーケードに積もっていた雪は影も形もなくなり、神社の木々は元の乾いた枯木に戻った。住宅街は見慣れた風景に、海辺も、僕の知っているかつぶし町の海が帰ってきていた。あの異常気象は、専門家があれこれ調べているようだが、結論は出そうにない。

専門家でも分からないのだから僕にはもっと分かるはずないが、ひとつ、知っていることがある。スーニャが現れた、あの日。あれから雪の気配はぱったり途絶えた。

あのあとスーニャは、秘宝、もといかき氷器を回収して、村に帰った。僕に何度もお礼を言って、おもちさんを抱きしめてから、たくさんの和菓子をお土産にこの町を去ったのである。

結局スーニャは僕になにを言おうとしていたのか、聞けずじまいだった。そこで僕は、頭の端に残っていた「スニェグーラチカ」という単語から、スーニャの生まれ故郷について調べることにした。

スニェグーラチカ。それは村の名前ではなく、北の外国に伝わる雪の精の名前だった。その国の民間伝承でサンタクロースに当たるジェド・マロースというおじいさんの孫娘で、雪に命を吹き込まれて生まれた少女だそうだ。

スーニャという名は、長い名前を短縮した愛称だったのだろうか。

なにはともあれ、雪はすっかり降らなくなった。降っていると苦労をかけられたけれど、降らなくなるとちょっと寂しい。

交番に戻ってくると、デスクの上にマツボックリがあった。おもちさんは、ストーブの前で横向き寝している。僕はマツボックリを摘んで、おもちさんの横にしゃがんだ。

「おもちさん。このマツボックリなんでこんなところに置くんですか。これ、おもちさんが一生懸命吟味《ぎんみ》してた大事なマツボックリでしょ？」

謎の基準で丁寧に選んで、その後も咥えて行動していたあのマツボックリだ。お気に入りなのかと思ったのに、なぜかデスクの真ん中という邪魔なところに放置してある。

足を投げ出してだらしなく溶けているおもちさんは、のそりと顔の向きだけ変えた。

「吾輩じゃないですにゃ。小槇くんのとこにサンタさんが来て、置いてったですにゃ」

「……え」

僕はしばらく絶句したのち、摘んでいたマツボックリに目をやった。

そういえば、おもちさんは僕にサンタが来ないと知って相当驚いていた。もしかして、イブの夜になかなか寝てくれなかったのは、これを置くタイミングをはかっていたからなのか。

マツボックリが、急に愛おしく見えてきた。

「そっか、サンタさんか」

自然と頬が緩んでしまう。僕はこのマツボックリを、大切に飾っておこうと決めた。

秘密の手紙と招き猫

クリスマスが終わると、年末ムードが一層強まる。今年の当直は、今日を含めてあと二日だ。

僕はおもちさんと共に、朝の立番をしている。ついてきたくせに寒くて飽きたおもちさんは、僕に抱っこされて肩の上でだらんと垂れている。

「世はなべてこともなし。平和がいちばんですにゃ」

「そうですね」

おもちさんの言うとおり、この町は今日ものんびりした時間が流れている。変わったことといえば、クリスマスに貰ったおやつで、おもちさんの体重がまた増えたくらいだろうか。

そこへポポポと、鳩の羽音が近づいてきた。封筒を咥えた白い鳩が、自転車のカゴにとまる。

「郵便屋さんだ。おはようございます」

鳩郵便もすっかり見慣れて、不思議議なのは相変わらずだが最初の頃より気にならない。今日の郵便屋さんは、手紙を二通運んできた。鳩の羽根と同じ真っ白な封筒と、灰色がかった青の涼し気な色の封筒だ。宛先は書いていないが、おもちさんには分かるらしい。

「こっちは吾輩ので、こっちは小槙くん宛ですにゃ」

おもちさんは青い方だけ自分で受け取り、そのまま地べたに着地した。僕も、残った白い封筒を受け取る。相変わらず手のひらに収まってしまうほど小さい封筒だ。封を開けてみると、中にはきちっと折り畳まれたこれまた小さな紙が詰まっている。

折り目を開いて、僕は目を疑った。

『拝啓、小槙悠介様』

なんと、人間の文字が書いてある。今までは綿毛や枯れ草や鳥の羽根で、字のある手紙が届いたことなどなかった。

これはまさか、僕が出した手紙に対する、駐在さんからの返事なのだろうか。

『これから素晴らしい出会いがあります。もう会っているかもしれない。さらにその出会いが、次の出会いを生みます。ともかく、健康第一で。敬具』

僕は文字を目でなぞり、首を傾げた。

『P.S.今のあなたがもしかつぶし交番勤務だったら、おもちさんによろしくね』

手紙のサイズが小さいため、内容はこれだけでいっぱいだった。僕は手紙とにらめっこして、唸る。

「誰だ?」

差出人名は書かれていない。駐在さんだろうか。でも、なんとなく違う気がする。この感じは、もっと僕をよく知っている人だと思う。かといって、それらしい候補も思い浮かばない。

そういえば以前おもちさんが、鳩郵便は未来から届くこともあると言っていた。内容は僕の未来を予言しているし、ひょっとしてこれは、未来から届いた手紙だろうか。

そうだとしたら、今の僕も知っている人だろうか、これから出会う人だろうか。筆跡から当てられないか、改めて文字に集中してみる。仕事で知り合った人、家族や友達、いろいろ思い浮かべてみた結果、分からなかった。強いて言えば僕自身の筆跡に近いけれど、僕にしては字が整っている……ような気がする。

僕は自転車のカゴの鳩と顔を見合わせた。鳩は赤い目で僕を見ているだけで、なにも言わない。

悩んだ挙げ句、僕はおもちさんに訊ねた。

「おもちさん。この手紙、誰からなのかおもちさんなら分かりますか? 多分未来からなんですが、差出人不明じゃ返事が書けません」

「未来から届くことはあっても、時空を超えて未来に届けるのは無理ですにゃ。だって、未来はまだ真っ白ですにゃ」

おもちさんは自分に届いた手紙を見ていて、こちらを向いてくれない。そうか、未来はまだ存在しないから、過去から未来へは手紙を出せないのか。しかし未来から手紙が届くということはすでにある程度決まった未来があるのでは。少なくとも誰かが過去の僕に向けて手紙を書いたという事実がある。

考えると訳が分からなくなってきた。おもちさんが欠伸をする。

「けども、手紙は普通、過去に書いたものが未来の人に届くもの。小槙くんは手紙をしためておいて、この人だという人に出会ったとき、その手紙を渡せば良いですにゃ」

そういうものなのか。とはいえこのヒントの少なさでは、いつまで経っても誰だか分からないだろう。

手紙を渡し終えた鳩が、空へと飛び立つ。雪のような白が羽ばたき、青空へと舞い上がる。僕はその広がる尾羽に手を振った。

「ありがとう」

郵便屋さんは今日も大忙しだ。どこかの誰かからどこかの誰かへ、大切な想いを運び、届けている。彼らの仕事は、誰かと誰かを優しく、緩やかに結びつけている。

おもちさんは、もそもそと足をしまって香箱座りになった。

「小槙くん。吾輩のところにスーニャちゃんから手紙が来たですにゃ」

「あっ、その手紙、スーニャからだったんですか！」

「ですにゃ。スーニャちゃん、かつぶし町を満喫してとっても楽しめたそうで。けどもまだまだ遊び足りないから、またこの町に来ると言ってるですにゃ」

それを聞いて僕は、先日のスーニャを思い浮かべた。メンチカツや串団子を頬張ってうっとりしていた彼女の、幸せそうな顔といったらなかった。この町のおいしいものはまだあるし、海で遊んでみてほしいし、見せたい景色もたくさんある。きっとあの子は、この町をもっと好きになる。

おもちさんの黄金色の目が、ぱちりとまばたきした。

「この町は居心地が良いですからにゃ。いろんなものを惹き寄せるですにゃ」

「ふふ。遊びに来てくれる日が楽しみですね」

僕が言うと、おもちさんは複雑そうに耳を寝かせた。

「しかしですにゃ。スーニャちゃん、『次に遊びに来るときは秘宝をよく見せてあげる』とも書いてるですにゃ」

「えっ、あれ持ってくる気なんですか？」

では、また大寒波と怪しい雲が呼び寄せられてしまうのだろうか。おもちさんが険しい顔をしている。僕も、あの日のドタバタを思い出すと苦笑いが出る。

「大事なものって言ってたのに、意外と気軽に持ち出しますね。次に来るときは、夏にしてくれないかな」

「にゃー。それなら涼しくていいですにゃ」

おもちさんは間延びした声で言って、お腹の下に埋もれていた足を伸ばした。狭い額を僕の脚にぶつけてくる。

「でも今日は寒いから、抱っこですにゃ」

「はいはい。はあ、重たい」

おもちさんを抱き上げると、ふわふわの冬毛に手が埋もれた。温かくて柔らかい毛が、僕の首筋に寄りかかってくる。片手に手紙を、腕には猫を。寒い季節は、この温もりが愛おしい。

ここはとある港町、かつぶし町。太平洋の水平線を臨むこの町は、温暖な気候と海の幸に恵まれている。

喋る猫が住む町の交番は今日も、非日常的な日常をのんびり過ごしている。

番外編・ジェド・マロースと雪娘

時は遡り、クリスマス一週間前。少女の甲高い声が、雪の中に響く。

「おじいちゃん！　プレゼント間違えてる！」

「おお、本当だ。危なかった。ありがとうスーニャ」

ソリに荷物を積み込んでいた老人は、はにかみ笑いを見せた。

北の大陸の、さらに北。そこは年中雪が降り止まない、氷の秘境。人里離れたこの地で、彼らはひっそりと暮らしていた。

この秘境の村は、長い歴史の中、この国の人々の間で語り継がれてきた。雪の精たちが暮らすこの場所は、永遠に雪を降らせる伝説の秘宝があり、それを持ち出せば災いが起こるとされていた。この秘境で暮らす者たちにとっては、雪は必要不可欠で、決して止ませてはいけないのである。

老人・ジェド・マロースは、この地の長であり、秘宝の管理者でもある。彼は自らの仕事場である作業小屋に秘宝を置き、責任を持って保管していた。

孫娘は、そんな彼の手伝いに奔走《ほんそう》している。なにせジェドは、稀代《きだい》のおっちょこちょいなのである。今もまさに仕事に向かおうとして、積み込む荷物を取り違えており、危うく全く別の場所に誤配するところだった。孫娘から指摘されて、ジェドは包んだ荷物を再確認することにした。

作業小屋の中では、シャアアと雨のような音が常に流れている。冷気と雪雲を呼ぶ秘宝が奏でる音だ。管理者であるジェドによって、この作業小屋のチェストの上に置かれている。

秘宝は、氷の島に住む鳥を模した、神聖な造形物である。鳥の頭部にアンテナがあり、これが回転することで冷たい空気と雲を集め、雪を降らせる。回転し続けるアンテナの涼やかな音は、雪の世界に暮らす孫娘にとって、安心する音色だった。

因みにこの秘宝は、偶然にも、極東《きょくとう》に伝わる氷の粒を生み出す器具に酷似《こくじ》しているらしい。

「注文と配送のリストそのものが間違っていた。もう一度見直さなくては」

そう言いながら彼は、足を滑らせて盛大にすっ転んだ。抱えていた荷物が吹き飛び、包んでいた風呂敷の結び目が開く。孫娘が息を呑んだ時には、もう遅かった。ガッシャーンと激しい音とともに、荷物が飛び散った。孫娘は大きな音に身を強ばらせ、目を瞑る。

一秒後、彼女が目を開けると、包みの中身――大量のおもちゃが床に散乱する、悲惨な光景が広がっていた。

「ははは。またやってしまった」

ジェドはおもちゃの真ん中で笑っているが、孫娘は呆れ顔である。

「おじいちゃんたら……今から大仕事ね。これじゃクリスマスに間に合わないよ。スーニャも拾うね」

孫娘は肩を竦め、おもちゃを拾い集める。

「おじいちゃんのお仕事、責任重大なんだから、しっかりしてよ」

「そうだねえ、ははは」

静かな作業小屋が、たくさんのおもちゃでカラフルに彩られる。ぬいぐるみや最新のゲーム機、三輪車。おままごとの野菜や果物に着せ替え人形、ミニカー、ブーツに入ったお菓子。

孫娘はそれをひとつひとつ手にとり、広げた風呂敷の上に載せた。

「おじいちゃんはどうして、世界中の子供たちの欲しい物が分かるの？」

「そういうおじいちゃんだからさ」

「変なの」

「いつかはスーニャにも、この仕事を手伝ってもらうつもりだよ。それまでにたくさん勉強して、いろんな国の言葉を話せるようになって、いろんな国の文化を知るんだぞ」

ジェドにそう言われ、孫娘は顔を顰めた。

「お勉強、苦手」

孫娘は、ジェドの手伝いのために各国の言葉を勉強中である。まだまだ拙《つたな》いが、少しずつ話せるようになってきたところだ。上手く伝わらないかもしれない不安を抱えている彼女に、ジェドは優しく語りかけた。

「そう言うなって。勉強は嫌なものじゃないんだよ。言葉や文化を知ると、視野が広がる。自分に見えている世界の解像度《かいぞうど》が上がる。たくさんの人の気持ちに寄り添えたら、友達がいっぱいできる」

「異国にお友達できるの？」

「できるよ。スーニャが良い子でお勉強できたらね」

「良い子、頑張る」

孫娘はパトカーのミニカーを拾い、風呂敷に載せる。彼女の横顔を一瞥し、ジェドは軽やかに笑った。

「今年のクリスマスが一段落したら、おじいちゃんと一緒に旅行に行こう。どこに行きたい？」

「分かんない。どこも知らないから」

「そうか。じゃあおじいちゃんがスーニャに見せたい国にしよう。しかしどこも良いところだからな……そうだなあ」

　考えているジェドは、おもちゃ回収の手が止まっている。

「最近のお気に入りは小さな島国だ。なにせ、酒が美味い。……おっと、お酒はスーニャにはまだ早いな」

　ジェドはままごとセットのおもちゃの食べ物を、両手で掲げてみせた。

「食べ物もおいしいぞ。この辺では食べられない、珍しいものもある」

「おいしいもの、食べたい！」

　孫娘がきらきらと、秘色色の目を輝かせる。無邪気な彼女の笑顔に、ジェドも満足げに頷いた。

「よし。遊びに行く前にまず、目の前の仕事が先だな。このおもちゃを正しく振り分けして、クリスマスイブに配って、それから……」

　そこでふと、彼は窓の外に目をやった。作業小屋の外にいるトナカイの角に、鳩が三羽もとまっている。

「おお、郵便屋さんが郵便物を運んできた。あれの仕分けもやらなくちゃ」

　ジェドは慌てふためいて、またおもちゃを入れる風呂敷を間違えた。別の風呂敷を運んでこようとして、今度は自分の服の裾を踏んで転ぶ。孫娘は呆れた顔で言った。

「慌てんぼうだなあ……そんなに隙だらけだと、いつか泥棒におもちゃ盗まれちゃうよ」

「スーニャ、悪いが荷物の整理はスーニャに任せていいか？　私は鳩郵便の仕分けに行く」

ジェドの仕事は、クリスマスに限って忙しいわけではない。世界中の子供たちから手紙が届く彼は、その能力を応用して郵便の管理も行《おこな》っている。ありとあらゆるものを優しさで包み込む、彼ならではの仕事だ。

「分かった。鳩さんはおじいちゃんが、こっちはスーニャがやるね」

孫娘はジェドを見送り、作業を再開した。

淡々と荷造りしながら、彼女はプレゼントのリストに書かれた国名に目を留めた。

「にぽん」

海に浮かぶ小さな島国の名前だ。孫娘は、祖父の教えを頭の中に思い浮かべた。

「異国のお友達、かぁ」

雪の大地から出たことがない彼女にとって、異国はまだ見ぬ世界である。知らない場所の知らない人と、自分も友達になれるのだろうか。彼女は覚えたての異国の言葉を、声に出してみた。

「遠い遠い北の国、雪が毎日の村から来たワタシ、スーニャ」

伝わるかな。届くといいな。そう頭に浮かべてから、孫娘は急に気恥ずかしくなって、いそいそと作業に集中する。

おもちゃを次々と包んでいく。そのうち孫娘は、なんとはなしに手に取ったものを見て、わっと声を上げた。黒と白の氷の島の鳥の姿、回転し続けるアンテナ——大切な秘宝ではないか。どうやらジェドがおもちゃをばらまいたときに、飛んできたおもちゃにぶつかってチェストから落ちてしまったようだ。ちょうどおもちゃの中に紛れ込んでいる。

「おじいちゃんってば、秘宝は大事なものなのに……。間違えてプレゼントの中に交ぜちゃうところだった」

そういえば、にぽんには秘宝によく似た氷を操《あやつ》る道具があると聞く。雪を降らせる秘宝と似て非なるそれは、どんな用途の、どんな道具なのだろう。

異国の地には、自分の知らないおいしいものがあるらしい。珍しいものもあるらしい。もしかして秘宝そっくりな道具とやらは、食べ物を作る道具なのだろうか。赤や緑や青の雪から、甘い味がするのかしら……彼女は遠い国のデザートを想像して、より一層、その島国への興味を強めた。

遠い異国に思いを馳せていると、外から祖父の叫び声が聞こえた。

「あわわ！　ぎゃあ！　いてて」

「おじいちゃん、また慌てて転んでる」

孫娘は手に持っていたものをおもちゃと共に風呂敷で包み、その風呂敷の角を結んで、外へとジェドの様子を見に行った。

ジェド・マロースは慌てんぼうでおっちょこちょいな老人である。――そしてその孫娘も、彼とそう変わらないくらい、慌てんぼうでおっちょこちょいな少女である。

彼女がうっかり荷物の中に詰め込んだものがこの地の秘宝であったことに気づくのは、もうしばらく先のことである。

あとがき

このたびは『おまわりさんと招き猫』三巻をお読みいただき、誠にありがとうございました。『あやかしの町のふしぎな日常』『おもちとおこげと丸い月』に続き、このシリーズも三冊目となりました。これも皆様の応援のおかげです。

夏の終わりから冬へと移ろうかつぶし町。いかがでしたでしょうか。

「相手の声を聞こうとする気持ちさえあれば、案外なんとかなるものですにゃ」

これは一巻でのおもちさんの言葉です。今回の巻では「届いてほしい想いが届くように、言葉や形や行動にする」物語を中心に描きました。言葉で書いて形にして送るという行動を取る手紙は、その象徴です。

届いたら嬉しい、でも届かなくても自分のせいでも相手のせいでもない、だけどできれば届けたい……そんな気持ちが、小槇や彼の周りの人々を突き動かしました。そしてこの気持ちは、声を聞こうとしてくれる人にはきっと届くと思うのです。大切な人に想いが届かなくなる前に、ぜひ、伝えてください。

それと既刊二冊よりちょっぴり強くなった小槇くん、素を出せるようになってきた柴崎さん、真面目なところも見せてくれた笹倉さんなどなど、登場人物たちの垣間見せる新しい一面も、楽しんでいただけたら嬉しいです。

制作に携わってくださった皆様と書店関係者様、取材協力に応じてくれるおまわりさん、話を聞かせてくれたかつぶし町モデル地の漁港の漁師さん、それからこの作品とおもちさんを愛してくださるすべての方へ、心より感謝を申し上げます。

植原　翠

ことのは文庫

おまわりさんと招《まね》き猫《ねこ》

やさしい手紙《てがみ》と雪《ゆき》の町《まち》

2023年11月26日　初版発行
2024年11月25日　第2刷発行

著者　植原《うえはら》 翠《すい》
発行人　子安喜美子
編集　尾中麻由果
印刷所　株式会社広済堂ネクスト
発行　株式会社マイクロマガジン社
URL：https://micromagazine.co.jp/
〒104-0041
東京都中央区新富1-3-7 ヨドコウビル
TEL.03-3206-1641 FAX.03-3551-1208（営業部）
TEL.03-3551-9563 FAX.03-3551-9565（編集部）

本書は、小説投稿サイト「エブリスタ」（https://estar.jp/）に掲載されていた作品をシリーズ化し、新たに書き下ろしたものです。
定価はカバーに印刷されています。

ISBN978-4-86716-491-4　C0193
乱丁、落丁本はお取り替えいたします。